徳 間 文 庫

女スパイ鄭蘋茹《テンピンルー》の死

橘 かがり

徳 間 書 店

目次

序章 処刑の朝

一九四〇年二月

車は急にスピードを緩《ゆる》め、ふいに停車した。すかさず運転手と憲兵が車から降り、悲鳴を上げる女の両腕を抱えるようにして、車外に無理やりにひきずり降ろした。林《りん》之江《しこう》も続いて素早く車を降りた。

目の前に広がるのは、大きな石のころがる、草も生えないような荒涼とした原野だった。上海《シャンハイ》の繁華街よりも体感で少なくとも二、三度は寒く感じられ、冷気がしんしんと身体《からだ》に染みわたる。寒風が吹きすさぶ度に砂埃《すなぼこり》が舞い上がり、目の前がかすんだ。之江は何度も目をこすり、ぶるりと身体を震わせた。

林之江は、日本軍によって設立された特務工作機関、通称「ジェスフィールド76号」で主任を務める丁黙邨《ていもくそん》という男の部下を務めている。いわば行動隊長のような役目を担っていた。身寄りもない一匹狼の之江に、黙邨はあれこれと目をかけてくれた。兄のような、恩人のような存在だ。之江はそれ以来、黙邨の忠実な部下を自任している。

上海では汪兆銘《おうちょうめい》派及びその黒幕・日本陸軍特務機関と蔣介石《しょうかいせき》の重慶《じゅうけい》政府特務機関が、熾烈《しれつ》な闘いを繰り広げていた。それは一九三七年の中華民国軍と日本軍の衝突(第二次上海事変)以来、ますます激しくなっている。

特に蔣介石直系の情報謀略機関・藍衣社《らんいしゃ》と国民党CC団は、汪兆銘一派を大量殺戮《さつりく》して、日本軍の地下工作に大きな打撃を与えた。これに対抗するため日本軍が極秘に設置したのが、共同租界《そかい》ジェスフィールド路76号の建物を本拠とする「ジェスフィールド76号」だった。

丁黙邨はもともとは国民党CC団のメンバーで、一時は国民党で活躍したが、今や日本政府の特務機関主任として、最も恐れられる存在となっている。寝返った理由は、待遇上の不満があったとも、ライバルに負けたからとも言われるが、本当のところはわからない。ただ一つ、はっきりしているのは、CC団はもっとも敵に回してはならない男を、敵に回してしまったということだ。

残忍で情け容赦《ようしゃ》ないと言われる黙邨から、お前はなかなか勇敢で、残酷さでは俺に負けないなどと、皮肉めいた言葉を投げられたこともある。確かに之江には、同情心や憐《あわれ》みなどという感情が少し欠落している。だからこそ、こんな任務が回って来たのかも知れない。

「ジェスフィールド76号」というのは、小さな要塞《ようさい》とも言える建築物だった。周囲には刑務所並みの高い塀がめぐらされていて、入り口の鉄扉のすぐ内側には、コンクリート製のトーチカを備え、左側には兵舎や望楼《ぼうろう》、右側には車庫がある。手前のなだらかな場所には鑑識、兵器庫、救急室が点在している。さらに暗号解読室、兵器修理室、印刷所まで備わっていて、暗号通信の傍受《ぼうじゅ》や解読が行われていた。敷地奥には幹部が家族と共に暮らす堅牢《けんろう》な邸宅もあり、地下非常口も備わっていた。日本軍のためのしゃれた洋風住宅群もあり、そこだけ見れば、瀟洒《しょうしゃ》な高級住宅街のようだった。

之江がこの一ヶ月ほど暮らしてきた洋館は、「ジェスフィールド76号」から徒歩で十分ほどの場所にあった。陰気で古びた館ではあったが、そこでの暮らしも、実はまんざらでもない。飛び切りの美女との同居だったから、捨てたものでもなかったのだ。

一人の女がこの館に軟禁されていて、之江に与えられた役割は、その女を見張ることだった。之江は若い頃からなぜか女に好かれる質《たち》で、女の扱いが巧《うま》いと感心されることもあった。だから之江に、こんな役割が回って来たとも言える。

軟禁とはいうものの、女にはある程度の自由な生活が許されていた。夜になれば二階の寝室に行き、清潔なベッドで、充分に睡眠をとる。之江の寝室は女の部屋の向かいにあり、深夜に妙な動きをしないか目を光らせるよう言われていた。

だが妙な動きをするどころか、女はほとんど寝返りも打たずに、小さな寝息を立てて夜毎《よごと》ぐっすり眠った。朝には規則正しく起き、寝室脇の浴室でシャワーを浴びる。身なりを整え薄化粧をしてから、応接室に降りて来る。にこやかにほほ笑み、礼儀正しく挨拶《あいさつ》をするのだった。

「おはようございます。昨日もよく眠れました」

白いブラウスに紺のスカート、その上にカーディガンを羽織るといった簡素な服装で、一見すると清楚《せいそ》な女子学生にしか見えない。その立ち居振舞いのおっとりした優雅さに、之江は思わず唸《うな》った。さすが良家の子女は違う。躾《しつけ》が行き届いているとはこういうことを言うのだろうか。

黙郎のさし向けた料理人の作る料理を、女は昼も夜も残さず平らげた。これで外出許可さえ認められたなら、高級ホテル暮らしとほとんど変わらない生活だった。時折、実家に手紙を書くのも許されていて、着るものや下着や化粧品などを持ってきて欲しいと、妹や母親に要請していた。母親を名乗る女が、荷物を届けに来たこともある。之江はそれに立ち会った。

衣食住にはほとんど困らない生活を送っていたが、女は明らかに退屈していた。若い境遇で、こんな古い洋館に閉じ込められていては、退屈するのも当然だろう。レースのカーテン越しに窓の外に目を凝らしては独り言のように呟《つぶや》いた。

「春になったら庭中さぞかしきれいに花が咲くのでしょうね」

春の景色を幻視するかのように、身じろぎもせず、冬枯れのがらんとした庭を見つめては、ため息をつくのだった。

女との奇妙な共同生活が、いつまでも続くような錯覚に陥ることさえあった。だがそんなことがあろうはずもない。昨夜遅くに「ジェスフィールド76号」からかかってきた短い電話で、之江は夢から覚めた気持ちになった。

「執行は明日に決まった。十一時に迎えの車を行かせる。ピクニックにでも行くと伝えて、連れ出せ」

「ピクニックに行く……と言って、連れ出せと？」

「そうだ。警戒心を抱かせては決してならないという意味だ」

「はい、わかりました」

「決して騒がれないように。いいな」

相手の声はひどく乾いていて、用件だけ告げるとすぐに切れた。

ピクニックだと？　之江は面食らった。黙郁をたぶらかした女に、そんな子ども騙《だま》しの口実が果たして通用するのだろうか。いったいどうやって切り出せば良いというのだろう。考えがまとまらず、珍しく寝付くのに時間がかかった。浅い眠りから目覚めて、眠たい目をこすりながら、濃いめのコーヒーを二杯飲んだ。

目を赤くしていては、勘づかれるかもしれない。事前に女に察知され、騒がれたり、逃亡を企てられたりしたなら、厄介なことになる。できる限り冷静に、何事もなかったかのように振舞わなければならない。

幸い女は何も気づいていない様子で、いつも通り化粧を済ませ、身支度を整え応接室に降りて来た。軽い朝食を取ると、ぼんやり窓の外を眺めはじめた。

「なぁ、鄭《テン》さん、どうかね。今日は気晴らしに少し上海の街を散歩でもして、映画でも観てから帰るのはどうだろう」

之江が思わせぶりに語りかけると、女はぱっと振り返り、之江の顔をまじまじと見つめた。

「えっ、今、何て?」

「こんな屋敷にいつまでも閉じ込められていては気も滅入るだろう。街を少し散歩でもして、映画でも観ようじゃないか」

女はよほど嬉しかったのか、頬《ほお》をみるみる紅潮させた。喜びが顔中にあふれかえる。若い女らしい、素直な反応だった。

「本当なの? ここから、出られるの?」

之江は頷《うなず》いて見せた。

「貴方《あなた》が私を連れ出してくれるのね? 映画館に一緒に行けるの?」

女があまりにも喜ぶので、直視するのが辛《つら》くなる。これが本物のデートの誘いなら、どんなに良かっただろう。

女は雑誌の表紙を飾ったほどの、上海では有名な人物だ。端整な美貌《びぼう》に笑顔を絶やさず、長身でスタイルも抜群ときている。江蘇省高等法院主席検察官の娘だから、いわばいいところのお嬢さんだ。その女がよりによって、泣く子も黙ると恐れられる丁黙邨の暗殺を企てた。黙邨を魅了して愛人となり、彼を骨抜きにして、暗殺犯たちの待つ静安寺路《せいあんじろ》におびきよせたのだ。いい度胸をしている。お嬢さん然としたこの女のどこに、そんな勇気が潜んでいたのだろう。

だが暗殺計画は杜撰《ずさん》で、用心深い黙邨にすぐに気づかれ、あえなく失敗した。暗殺犯たちの一部は逃げ延びたが、女はのこのこと自首してきた。自首しないと家族に累《るい》が及ぶと脅しを受けたらしいが、父親が主席検察官であるせいか、母親が日本人であるせいか、手荒な真似《まね》はされないはず、最終的には解放されるだろうと楽観しているふしがある。

当の黙邨自身も、はじめはこの女の処刑に乗り気ではなかった。自分を暗殺しようとした女の処刑を躊躇《ちゅうちょ》するとは、丁黙邨らしくもない。やはり心底たぶらかされてしまったのか。だとすると、やはりこの女は、ただものではない。

「あの女を極刑にして！」

黙邨夫人は取り乱し、ヒステリックに要求したという。夫人が憎しみをこめてそこまで言うからには、黙邨もよほどの入れ込みようだったのだろうか。

けれど女は、どんな厳しい取り調べを受けても、組織的な暗殺計画があったことを認めようとはしなかった。

「男女関係のもつれです。彼が別に女を作って私を捨てたので、人を雇って襲わせたのです。彼に女を騙《だま》す恐ろしさを、教えてやりたかったのです」

しれっと言うばかりで、徹底して、しらを切り通した。天使のような笑顔を浮かべるこの女のどこに、そんなしたたかさが秘められているのだろう。女はつくづくわからない。之江は嘆息する。

かと思えば、女には妙に無邪気で子どもっぽいところもある。焼菓子や饅頭《まんとう》、果物やキャンディーの詰まったバスケットを見せただけで、小躍りするように浮足だった。

「貴方が準備してくれたのね。嬉しいわ。貴方と二人、上海の街を散策できるなんて、夢のようだわ。少し待っていて、いま化粧直しと着替えをしてくるから」

女は嬉しそうに階段を駆け上った。

バスケットは「ジェスフィールド76号」からの差入れで、女を欺《あざむ》くための小道具なのだが、気づいている様子もない。手練手管《てれんてくだ》で黙邨を手玉に取ったこの女を、ピクニックに誘うなどという子ども騙しのやり方で欺けるのかと訝《いぶか》しんだが、女は少しも疑わずに、素直に喜んで、子どものようにはしゃいでいた。

「車が外で待っている。時間は限られている。あまり待たせすぎないように」

女は朗《ほが》らかにハイと返事をして、二階の寝室へと足取りも軽く階段を駆け上がった。

之江は腕組みをしながら、寝室の前に立ち、女を待った。もしや気配に気づかれていて、二階の窓から逃げ出すような真似をされるのではないか。そんな懸念《けねん》もあり、部屋の外からちらちらと中の様子を窺《うかが》った。女は少しもそんな兆《きざ》しは見せず、結《ゆ》っていた髪をほどき、大き目のブラシでとかしはじめた。ウェーブのかかった豊かな髪が、肩で艶《つや》やかにうねった。化粧はいつもより少しだけ濃いめにしているようで、白粉《おしろい》を入念に顔にはたいて、薔薇《ばら》色の口紅を塗った。それから明るめの赤いセーターを着て、首には金色のネックレスをつけた。髪には赤い髪飾りを留めた。赤と金はこの国では縁起の良い色とされるが、女のはっきりした目鼻立ちにことのほかよく似合う。女はそれを意識しているらしく、赤も金も気に入りの色のようだった。春節を間近《まぢか》に控えて、鬱憤《うっぷん》もたまっていたのだろう。それを晴らすかのように、着飾るのに余念がない。

「お待たせしました」

女は艶然《えんぜん》と微笑《ほほえ》んだ。赤のセーターがよく似合う。今日はまたとびきりきれいだ。

之江はかすかに胸の軋《きし》みを覚える。

玄関で女は洒落《しゃれ》た金色のハイヒールを履《は》き、革《かわ》のジャケットをはおり、うきうきした様子で黒塗りのビュイックに乗り込んだ。このハイヒールも母親に頼んで持って来てもらった品だった。

車には運転手の他に、険《けわ》しいまなざしの大柄な男が、窮屈《きゅうくつ》そうに身体《からだ》を折り曲げるようにして助手席に座っている。日本軍が差し向けた憲兵だった。

「二人だけ、じゃあ、ないのですか？」

女は奇異に感じた様子で、訝しげな表情を浮かべて之江の顔を窺った。

「見張りを一人付けるのが、外出の条件だったのさ。何しろ初めての外出だから、念には念を入れている。悪く思うな」

之江は女の目を見て、宥《なだ》めるように言った。

「街を歩く時には、二人で歩けるから大丈夫だ」

つとめて朗らかに言うと、女は渋々納得したように頷いた。車が動き出すと、窓の外の景色を食い入るように眺めはじめた。

大きな屋敷や近代的なマンション群の立ち並ぶ高級住宅街を通り抜けて、車は東へ東へと向かう。まもなく繁華街に差し掛かった。そこは女も見慣れているはずの共同租界の中心街で、目を輝かせて身を乗り出した。

「少しの間に街が変わった気がするわ。あの靴屋は新装開店した店ね」

ファッションに興味津々《しんしん》の若い女らしく、歓声を上げた。之江も女の声につられて、ぼんやりと窓の外に目をやった。

表通りには銀行や商社、官庁や新聞社、ホテルやデパートなどの重厚な建物が、肩をそびやかすように整然と並んでいる。まるで城塞《じょうさい》か何かのように、いかめしい風貌で、堂々と聳《そび》え立っていた。西洋風の街並みを縫うようにして、時代遅れの人力車が道を横切る。乗っているのは和装の日本人や青い目の西洋人ばかりだ。人力車を引くのは苦力《クーリー》と呼ばれる車夫で、彼らはたいそう安い料金で客を乗せて街をひた走る。

背の高い西洋人が大股で通りを闊歩《かっぽ》するのとは対照的に、同胞《どうほう》の中国人は、寒そうに身体を丸めて歩いている。洒落たカフェのテラスで、西洋人がコーヒーを飲み、クロワッサンをかじっている。その店の隣では、地べたに座って白菜やネギを売る同胞の商人がいる。客のいない占い師が、手持ち無沙汰《ぶさた》にポカンと空を見上げている。

街のそこここには、一目でそれとわかる目つきの悪い日本の憲兵が立っていた。彼らは一様に偉そうだ。同じ黄色人種で、顔つきはほとんど中国人と変わらないというのに、この差はいったい何なのだろう。この国は、いったい誰の国だというのだろう。ふいに微《かす》かな怒りの感情が湧《わ》いた。けれど前の座席に座っているのは、まさにその日つきの悪い憲兵なのだ。之江は思わず苦笑《にがわら》いを浮かべた。

大通りから一歩入ると、あやしげな娼館《しょうかん》や阿片窟《あへんくつ》が建ち並んでいる。魔都・上海と呼ばれる所以《ゆえん》だった。大蒜《にんにく》と香水と汚物の匂いが雑然と混じる街、西洋と東洋が入り交じり、近代と前近代が同居する街、それが上海という不可思議な空間だった。

車は円形の屋根をした七階建ての映画館の前に近づき、一瞬停まるようなそぶりを見せたが、そのままスピードを緩めず、中心街を過ぎてどんどん南に迂回《うかい》して行く。まっすぐ進めば、人もまばらな原野に行き着く。更にその先に行けば、上海事変の戦場で、未《いま》だ片づけられないままの夥《おびただ》しい屍《しかばね》が横たわっているという。

窓の外を眺めていた女は、怪訝《けげん》そうな表情を之江に向けた。郊外に出ても、車は一向にスピードを落とさず、停まる気配も見せない。女はいよいよおかしいと思ったようで、之江の顔を窺った。見る見るうちに表情が青ざめていく。

「私を騙したのね」

押し殺すような声で言うと、之江を睨《にら》みつけた。

「このバスケットも全部、私を欺くためのものだったのね」

女はバスケットを恨めしそうに眺めると、之江に向かっていきなり投げつけた。焼菓子やキャンディーやチョコレートが、ばらばらと之江の足元に散らばった。と思うとすぐに之江の太ももに腕を伸ばし、粘り気のあるまなざしを絡めて来た。

「ねぇ之江、思い直して。私を処刑したら、貴方はきっと後悔するはず……」

之江は気が動転して、視線をどこに向けて良いのかわからない。心臓が波打つように激しく打ち、脂汗がにじんでくる。だが女も必死の様子で、一向に攻勢を緩めない。

「私を殺したって、何の得にもならないはずよ」

之江を見つめる女のまなざしは熱く潤《うる》んで、青白い炎が燃え立っているようだ。

「同胞で殺しあうなんて、無意味なことだわ。貴方も共に、祖国のために闘いましょうよ。私を殺したら、貴方はきっと後悔する、ねぇ、之江、お願い、見逃して……」

女の懇願は次第に哀願に変わり、金切り声に変わって行く。

「私にここまで言わせて、貴方は平気なの？　この私の願いを、無視できるというの？　ねぇ、之江、私を見逃して……ねぇ、之江、お願い……」

女は之江の膝《ひざ》にくずおれ、悲鳴をあげるように高い声で泣き叫んだ。之江は目を瞑《つむ》って腕を組んだ。女の姿を視界から消し、声も聞こえないよう意識を集中させた。

処刑場につくと、すでに四、五人の男たちが待ちかまえていた。女を乗せた車の到着を、今か今かと待ちわびていたようだ。女は激しく抵抗しながら、二人の男に引きずられるようにして車外に出されたが、ふいに覚悟を決めたのか、二人を制止して、背筋をしゃんと伸ばして自ら歩きはじめた。

中国式の死刑執行のやり方として、あらかじめ四角く細長い壕《ごう》が掘られている。女は自分の墓となるその壕に向かって座らされた。運命を受け入れる準備ができたのだろうか、黙って座っている。

儀式は手順に従って粛々《しゅくしゅく》と進められ、そこに感情の入りこむ余地はなかった。準備が終わり、係の兵士が女の後ろに立ち、宣告文を読みはじめた。すると女が、ひどくさめた、落ち着いた口調で尋ねた。

「私は中国人として、そんなに悪いことをしたのでしょうか」

皆に聞こえるように、はっきり問いかけた。それから高い声で早口に叫んだ。

「お願い、顔は撃たないで」

風もそよがない原野の処刑場に、女の叫びが響き渡った。

「顔は撃たないで！」

女の甲高い哀願が、原野にこだまする。処刑人は急におじけづいたのか、女を撃つのが忍びないのか、拳銃を持ったまま震えはじめた。見るに堪《た》えなかった。

こんな儀式は、とっとと終わらせてしまいたい。

林之江は処刑人に近づくと、銃を奪い取った。腕には自信がある。すかさず女の後頭部に向けて狙いを定めて、最初の一弾を発射する。さらに頭部にもう一発、胸にも一発。乾いた音が反響して、女の身体が勢いよく前に吹っ飛んだ。血潮が噴出し、赤いセーターがどす黒い紅色に染まっていく。

ところがどうしたことか、ハイヒールの踵《かかと》の部分が壕の縁に引っかかってしまい、身体が壕の中に落ちないまま、宙ぶらりんになっている。生命の残骸《ざんがい》が、この世に未練を残しているかのように。

凄《すさ》まじい執念だな。

之江が壕の前で呆然《ぼうぜん》と立ちすくんでいると、助手席に座っていた大柄な憲兵が、あわてて飛んできて、憎々しげな表情を浮かべながら、力まかせにヒールを蹴《け》り上げた。女の身体はようやく壕の下に落下した。どさっという鈍い音がした。憲兵はにやりとした笑みを浮かべる。他の男たちはまったくの無表情で、スコップを使い土をかぶせ、身体が完全に見えなくなるまで、黙々と作業を続けた。

儀式はようやく終わった。どこからか野犬の遠吠えが聞こえる。いつのまにか雪もちらつきはじめた。まるで女の死を悼《いた》んでいるようだ。洋館の玄関で、浮き浮きとして金のハイヒールを履いていた可憐《かれん》な姿が、ふいに脳裏をよぎる。あれはたった数時間前のことなのだ。之江は軽い眩暈《めまい》を覚えた。

あれほど美しい女は、上海広しと言えどなかなかお目にかかれるものではない。惜《お》しい女だった。之江はふうとため息を吐《つ》く。砂をかんだようなざらついた後味が口の中に残り、いつまでも取れない。

第一章　再びの上海《シャンハイ》

一九四一年十月

ようやく戻って来られた。一年半ぶりの上海だ。

長崎から船に乗り、東シナ海の荒波に一晩揺られた。上海に向かう入江に入ると、船の揺れが急に穏やかになった。花野吉平《はなのきちへい》はデッキに立ち、風を受けて海を眺めていた。見る見るうちに、水の色が赤茶に染まっていく。揚子江《ようすこう》に入ったのに違いない。川だというのに対岸がまったく見えない。日本でこんな川は見たことがない。初めて目にした時には、この国の途方もない大きさを思い知らされ、身体《からだ》が震えた。

褐色《かっしょく》の濁流《だくりゅう》が、眼下で悠然《ゆうぜん》とたゆたっている。湿気が増してくる。船はそのまま泥川を、音もなくゆるゆる進んで行く。天に向かってそびえ立つ幾つもの高楼が、朝靄《あさもや》の彼方《かなた》に忽然《こつぜん》と現れる。密林の中から巨大な廃墟《はいきょ》が姿を見せたかのようだ。湾に沿って高層のビルが、隙間《すきま》なくぎっしり建ち並んでいる。乗客から「おお」という歓声が上がった。

湾に入ると船は大きく揺れながら、速度を落とし、やがて止まった。たった一晩の航海だが、やけに長く感じられた。吉平は港に降り立ち、胸を広げて大きく息を吸った。湿気を帯びた空気が鼻腔《びこう》に広がる。少し前まではひどく蒸し暑かったはずだが、今は十月のはじめで、心地よい秋風が吹き渡っている。日が暮れると急に冷え込むはずだ。

ダンスホールで知り合った渡辺千恵子という女に、あらかじめ電報で知らせておいた。千恵子は学はないが語学が得意で、英語、上海語はもちろん、簡単なロシア語やフランス語も理解できる。その語学力を買われて、今は海軍武官の事務所で働いている。もともと横浜本牧の出身で、気さくで愛嬌《あいきょう》ある女だ。兄も北京《ペキン》にいて、何らかの諜報《ちょうほう》活動に携わっているらしい。

青のカーディガンをはおった小柄な千恵子の姿を見つけると、心の底からほっとした。

「吉平さん」

大きな目を潤ませて、千恵子が駆け寄って来た。吉平の手を握り、ぷるぷると唇をふるわせている。そのままお互い見つめ合う。言葉が見つからない。

千恵子とは男女の仲だが、どちらかと言えば妹のような存在だ。かつてこの地で憲兵隊に逮捕され、国外退去を命じられた吉平を、見捨てずに待っていてくれた。

「心配かけたな」

わざと平気な顔で強がりを言うと、千恵子は目にうっすら涙をためたまま、吉平の胸に顔をうずめる。腰に手を回すと、豊かな黒髪から柑橘《かんきつ》系の甘い香りがした。

小東京とも称される虹口《ホンキュウ》の四川北路《しせんほくろ》の路地裏に建つアパートに、千恵子は居住していた。同じ階に、兄の借りていた部屋があり、転居後もそのままになっているという。しばらくそこに居候《いそうろう》しないかと言われた。大変ありがたい申し出で、一も二もなく、その部屋に転がり込むことに決めた。

まずは千恵子の部屋でビールで乾杯して、再会を喜びあう。食卓には好物の八宝菜《はっぽうさい》と東坡肉《トンポーロウ》が並んでいた。共に代表的な上海料理だ。

千恵子は特に料理の得意な女ではなかったはずだが、久しぶりに食べる手料理は、やけに美味《おい》しく感じられる。筍《たけのこ》や人参《にんじん》、青椒《ピーマン》、豚肉を噛《か》みしめると、舌の上で香ばしさが口中に広がる。

「ずいぶん腕を上げたな」

そういうと千恵子ははにかむような笑みを浮かべた。吉平を歓迎するために精一杯作ってくれたに違いない。気のせいか、女っぷりも上がった気がする。

翌朝目覚めると、千恵子はとうに仕事に出かけていた。千恵子の料理に舌鼓《したつづみ》を打ち、用意してくれた紹興酒《しょうこうしゅ》をたらふく飲んだ。船旅の疲れもあってか、したたかに酔い、ソファベッドでぐっすり眠ってしまったらしい。すでに十時を回っていた。あわてて起き上がると、頭が重く身体がだるい。上海に戻ってすぐに二日酔いとは情けない。千恵子に少しはいいところを見せたかったが、初日からいきなり失態を演じてしまった。後悔してももう遅い。

食卓にはトーストとハムエッグが置かれていた。コーヒーを飲みながら、冷めたハムエッグと薄いトーストを口にした。顔を洗ってぼんやり窓の外を眺めていると、急にいてもたってもいられない気持ちになった。あてはないが、上海の街を散策することにした。

薄いジャケットをはおって、吉平はぶらりと外に出た。あちらこちらで日本語が飛び交う。ここは日本かと一瞬錯覚を覚えるほどだ。日本人居留民の大部分が、この虹口地区の日本人街にかたまって住んでいた。中でも長崎県出身者が圧倒的に多いと言われている。

呉淞路《ごしょうろ》、四川北路《しせんほくろ》という街路を挟んで、ほぼ日本化した街路がびっしりと形成されている。商店街には日本料理店、魚屋、和菓子屋、呉服屋、下駄屋などが、所狭しと並び、店では長崎から運ばれた新鮮な野菜や魚介が売られている。日本の衣服や玩具《がんぐ》、レコード、自転車などもすぐに手に入り、内地と少しも変わらない。内地にあるもので無いものはない。長崎の街の一角を、そのまま移築した場と言えるかもしれない。まさに小東京、いや、小長崎と呼ばれる所以《ゆえん》なのだ。

上海は国際的な街だというのに、日本人の多くは異邦人と交わろうとはしない。住まいも食生活も、すべて日本風に変えてしまっている。郷《ごう》に入っては郷に従えと言われるのに、何とももったいないと吉平は思う。

だが虹口を一歩離れると、景色が少しずつ変化していく。異国情緒たっぷりな景観が広がりはじめる。どこを歩いていても、背後から船の汽笛の音が追いかけてきて、それがいかにも港町上海らしい。ぼおという音を聞きながら歩いていると、ガーデンブリッジという大きな橋が見えてくる。ここは最も上海らしい場所だと吉平は思う。本当にここは上海なんだなと、熱い思いがこみあげてくる。

ガーデンブリッジの正式名称は外白渡橋《がいはくときょう》という。上海の中心地・外灘《ワイタン》の北端にあり、呉淞江をまたいで黄浦区《こうほ》と虹口区《ホンキュウ》を結んでいる。ガーデンブリッジの手前にひときわ高くそびえ立つのが、二十二階建てのブロードウェイ・マンションだ。ここからは外灘、黄浦が一望できる。

橋のたもとには美しい建造物が建っている。格の高い豪華ホテルとして、和平飯店と共に並び称されているアスターハウス・ホテルだ。虹口区のランドマーク的存在で、外国人の社交の中心でもあったが、上海事変ではホテルも損傷を受け、ホテルの関係者はほとんど香港に避難してしまった。今は日本軍のコントロール下にあるはずだ。

ホテルのロビーに一歩足を踏み入れると、別世界が広がる。どっしりした柱、柱と柱を結ぶアーチ形のデコレーション、天井に輝くシャンデリア……重厚で美しいヴィクトリア朝バロック様式で建てられた、見事な建築だ。吉平にとって思い出の場所でもあり、忘れえぬ人の記憶のいっぱいつまった場所でもある。吉平の胸がかすかにうずく。

橋の向こうに見えるのはパブリック・ガーデンだ。外国人のための憩いの場として作られた公園だが、その少し先には、多数の避難民が未《いま》だ路上で生活しているはずだ。浅黒い肌の失業者がうずくまり、餓死者の死骸《しがい》が多数横たわっている。その横を歩行者が平気な顔で闊歩《かっぽ》して、二階建てバスが走り過ぎていく。

髪を短く切り揃《そろ》え、膝の見えるスカートを穿《は》き、ハイヒールで闊歩するのは若い女たちだ。上海の女たちは相変わらずお洒落《しゃれ》で威勢がいい。金髪の西洋人や和装の日本人を乗せた人力車を引くのは、貧しい中国人で、交差点では赤いターバンを巻いたインド人警官が、交通整理をしている。虚《うつ》ろなまなざしの物乞《ものご》いが座る横で、屋台から大蒜《にんにく》の匂《にお》いが漂い、客が美味《おい》しそうに麵《めん》をすする。市場にはありとあらゆる獣の肉が吊《つ》り下げられていて一瞬ギョッとするが、すべて食用だという。上海人は食に貪欲《どんよく》だ。

上海を初めて訪れた時には、その雑多で混沌《こんとん》とした景色が、ひどく不気味に思えた。慣れるまで時間がかかった。けれど久しぶりに訪れてみると、それらが懐かしく思える。これぞ上海の持つ独特の生命力で、他では味わえない魅力だろう。

一九三七年、盧溝橋《ろこうきょう》事件が発生して、第二次上海事変が勃発《ぼっぱつ》、日中戦争へと拡大した。その年の十月、吉平は上海陸軍特務部に勤務しはじめた。

翌三八年、小野寺信《まこと》という陸軍軍人による日中和平工作が始まり、吉平も少なからず関与した。軍属でありながら大っぴらに軍を批判して、和平を唱えたので、当然ながら軍部に睨《にら》まれた。それでも逮捕はされないだろうと、どこかで楽観して、高をくくっていた。

その予想は外れ、一九三九年五月、とうとう上海憲兵隊に逮捕されてしまう。その後小野寺による和平工作は、あっけなく頓挫《とんざ》した。吉平は一年近く拘留《こうりゅう》され、一九四〇年三月、ようやく釈放されたものの、国外退去を命じられた。

東京に戻ってからも上海が恋しく、帰りたくてたまらなかった。上海で拘留されている間に、吉平はかけがえのない人をなくした。帰国後に渡航許可が出てすぐ、上海行の船にとび乗った。どうしても会わなくてはならない人がいた。そのためにここに舞い戻って来たのだから。再訪してあらためてわかった。上海は第二の故郷どころではない。故郷以上に愛着のある、かけがえのない唯一無二の場所だった。

アスターハウス・ホテルの前で、顔見知りの男にばったり出会った。内務省警保局に勤めている人物だった。険しい顔で吉平に近づいてくると、耳元に小声で囁《ささや》いた。

「尾崎さんが東京で逮捕されたようですよ」

「えっ、そんな。いったい何でだ」

「罪状はソビエトの意向を受けたスパイ行為です」

「嘘《うそ》だろ」

仰天《ぎょうてん》した。にわかには信じられない。男はそれだけ言うと、すぐに立ち去った。

尾崎秀実《ほつみ》は優れた新聞記者であるだけでなく、第一次近衛《このえ》内閣のブレインとして、近衛の主宰する昭和研究会の政策メンバーとして活躍していて、気骨ある人物として知られている。台湾で育ったとかで、異民族との触れ合いが身体に染み込んでいるらしく、人との接し方がひときわ大らか、度量の広い人物だった。賑《にぎ》やかなことが大好きで、相当な女好きで、仲間内ではホルモンタンクなどと呼ばれていた。明るく、愛想よく、面倒見のよい人物で、正義感は強いが、決して堅物ではない。話のわかる愉快な男だ。

情報通で、人の生い立ちや経歴などもどこで調べたのか、よく知っていて驚かされた。スパイ行為という罪状を聞いて、もしや情報通だから、あらぬ疑いをかけられたのではないかと勘繰りもする。

尾崎とはずいぶん飲み歩いた。特に四川北路界隈《かいわい》には、頻繁《ひんぱん》に遊びに出かけた。四川北路にはダンスホールや劇場、日本料理店に広東《カントン》料理屋、茶店、浴場や美容院、マッサージ店や各国の遊郭《ゆうかく》が、星の数ほど立ち並んでいる。上海で最も賑やかで混雑している通りと言ってよいだろう。

ブルーバードという、料亭とダンスホールを兼ねた店があり、食事をしながらショーが見られる。そこで尾崎と飲んだ。ショーを終えた後、ダンサーが二人、座敷に挨《あい》拶《さつ》に来た。一人の女に見覚えがあり、吉平は思わずあっと声をあげた。大同学院在学中に天津《テンシン》に旅行して、そのときダンスホールで顔見知りになった千恵子に間違いなかった。

「おい、あの女、花野も知っているのか」

尾崎はびっくりした様子だった。

「お前の、これか？」

小指をあげながら問いかけてくる。身に覚えはあったが、何も答えずニヤニヤするだけに留《とど》めた。どうやら、尾崎にとっても、わけありらしかった。

尾崎も吉平も健康な若い男で、お互い十分すぎるほどの活力を持て余していた。二人で娼館やカジノにくり出したこともある。陽気で人当たりの良い尾崎は、ずいぶんもてるようだった。

釈放されて東京に舞い戻った時に、有楽町の電気倶楽部《クラブ》というところで、尾崎とばったり出会った。会議室では昭和研究会の講演が開かれており、講師が尾崎だった。講演を終えた尾崎と、廊下ですれ違ったというわけだ。

「よう尾崎、久しぶりだな」

声をかけると、尾崎はびっくりして立ち止まった。頭のてっぺんから足のつま先までじろじろ眺めては、信じられないとでもいうように、目を大きく見開いた。

「花野、本当に、花野なんだな」

幽霊にでも遭遇したかのように、しばらくまじまじと吉平の顔を見つめた。

「お前、こんなところにいたのか。心配したぞ」

それからようやく人懐《ひとなつ》こい笑みを浮かべて、吉平の肩を何度も叩《たた》いた。

「おい、やめろ、痛いじゃないか」

「いろいろ大変だったなぁ、元気そうで良かったよ」

「おかげさまでピンピンしているよ。お前も元気そうだな」

吉平は尾崎に特別な友情を感じていた。それは他の友人には感じたことがない、同志愛にも似たものだった。上海を追われて、東京で偶然に再会できたのが心の底から嬉しかった。

「今日は講師先生なのか。俺もご高説を拝したかったよ」

吉平がからかうように言うと、尾崎は手を目の前でひらひらと動かし、眉間《みけん》にしわを寄せて苦笑いを浮かべた。

「何を言ってるんだ、冗談じゃないぜ。お前に聞かれなくて良かったよ。今度ゆっくり飲もう」

「おう、近いうちにな」

「必ずな」

尾崎は茶目っ気あふれる表情で片手をあげた。

それが尾崎を見た最後だった。血色の良い人懐こい笑顔が、しきりに思い出されてならない。

アパートに戻り、帰宅した千恵子に尾崎の逮捕を告げると、顔色を変えた。千恵子もひどく動揺していた。

「尾崎さんがソ連のスパイだなんて。信じられない。何かの間違いだわ」

「ああ、俺も信じられないさ」

「きっとはめられたのよ、そうに違いないわ」

千恵子は不安そうに呟《つぶや》く。

「吉平さんがようやく戻って来られたのに、今度は尾崎さんだなんて。しかもソ連のスパイだなんて」

千恵子が尾崎のことを慕《した》っているのは、よく承知している。肩を震わせる千恵子が不憫《ふびん》に思えてならない。

「尾崎さんは出て来られるのかしら」

吉平も同じ危惧《きぐ》を抱いているが、言葉にはできない。スパイの容疑が晴れなければ、極刑はまぬがれない。

「尾崎が無事に釈放されたなら、二人で会いに行こう」

千恵子に約束できるのはこれくらいだ。千恵子は探るように吉平をじっと見つめた。

「本当ね？　約束してくれるわね？」

「ああ、もちろんさ。約束する」

千恵子の表情が少しやわらいだ。

「きっと無事に戻って来てくれる、必ず再会できるわ」

呪文《じゅもん》でも唱えるように呟くと、遠くを見るまなざしをした。

生まれ故郷の北海道に、尾崎を連れて行く約束をしたのが、しきりに思い出されてならない。北の大地を二人で旅する日が来るのを、祈らずにはいられなかった。

＊

吉平の生まれ故郷は北海道の江別《えべつ》という小さな町だ。江別は石狩《いしかり》平野の中心に位置し、北海道の中では比較的温暖な土地だった。北東から石狩川が流入し、やがて夕張《ゆうばり》川や千歳《ちとせ》川と合流して、石狩湾へと注いでいく。

秋には鮭《さけ》が産卵のため大挙して海から川に上《のぼ》って来る。その情景は壮観の一語に尽きた。春や秋には山菜を摘みに出かけ、クコの実や山ブドウを取り歩いた。夏はまぶしい陽光を浴びて、冬は雪の中を転げまわった。豊かな自然のふところに飛びこんで、一年中無邪気に遊びまわった。

　野生児のような子ども時代だったが、勉強も嫌いではなかった。親族から勧められて札幌商業学校に通うことになった。江別から札幌まで汽車通学するようになったが、車中で喘息《ぜんそく》発作を起こすようになり、休みがちになった。

江別には富士製紙の大工場があった。発作を起こすようになったのは、製紙工場から出る亜硫酸ガスを吸って育ったせいだったのかもしれない。

　発作で休んだ日は、読書と絵画に多くの時間を割いた。図書館で哲学書を読み漁《あさ》り、文学にも親しんだ。特に農民文学に共感を覚えた。長塚節《ながつかたかし》の『土』を幾度《いくど》も読み返した。下積みの小作農への温かいまなざしがたまらなくいいと感じた。小説家になるのを夢見た日もあるが、こんな作品は到底書けないと諦《あきら》めた。長塚節の『土』は、吉平の心の奥底でいつまでも瞬《また》き、人生の指南書となった。

　絵を描くのも大好きだった。代数と幾何も得意で、学業には自信を持っていたが、家が貧しく上級学校への進学は断念した。卒業後は木田組という建設会社に就職して、製図のトレースの仕事を手伝ったり、透視図の作業を手伝うようになった。

あるとき木田社長が東京からやってきて、吉平の透視図に目を留めた。東京本社で働かないかと声をかけられた。人間の運命とは不思議なものだ。北海道で一生を過ごすはずの吉平の人生の扉が、突然大きく開かれた。

東京への憧《あこが》れもあり、吉平は家族を説き伏せ上京した。神田淡路町の本社ビルの屋上の物置室で起居する生活が始まった。朝夕に神田ニコライ堂の鐘の音が響いてきた。鐘の音に耳を澄《す》まし空を眺めていると、無性に故郷が恋しくなった。

だが吉平の人生の歯車は既にすごい勢いで回り始めていた。これから一人で人生の大海原《おおうなばら》に漕《こ》ぎ出していく。弱音《よわね》は吐《は》けない。吉平の中で、うっすらと覚悟が決まっていった。

本社の設計部には十名程度の職員がいて、はじめはお茶くみから始まって、給仕とトレースの仕事を手伝うようになった。親しくなった先輩の中に、横浜高等工業学校建築科の卒業生がいて、吉平の仕事ぶりを見て、受験してみないかと勧めるようになった。その話が社長の耳にも入ると、ぜひやってみろと強く言われた。

横浜高等工業学校は官立の工業学校だが、自由教育を標榜《ひょうぼう》して、特異な教育方針で知られている。鈴木校長は型破りの教育をすることで有名だった。

受験勉強など何一つしていなくて、どうせ受からないだろうと思っていたが、とりあえず試験場に出向いてみた。塑像《そぞう》の前でデッサンをして、一人ずつ呼び出され、英語と数学の試験を受けた。試験は筆記ではなく口頭試問だった。数学では商業学校で習っていない問題が出た。商業学校で教えてもらっていないこと、受験勉強もせずに臨んだことを、教官に正直に白状した。

合格発表に吉平の名前はなかった。当然の結果だったが、一抹《いちまつ》の寂しさもあった。二週間後、鈴木校長から封書が届き、学校に呼び出された。一時間ほど面接を受けると、「補欠入学を許可する」と唐突に言い渡された。あっけにとられた。難関の横浜高等工業学校に、劇的な合格を果たしたのだった。

面倒見の良い木田社長は、肉親のように喜んでくれた。横浜の倉庫の建築現場の小屋に起居して通学するよう言われた。吉平の人生がまた一つ大きく開かれた。

鈴木校長は中国思想に傾倒していた。在学中、何度となく老子の無為《むい》自然について、荘子の自由の倫理について聞かされた。

「道を体得すれば相対的な区別への執着《しゅうじゃく》はなくなり、相対的な価値への偏見はなくなる。次第に何物にもとらわれずに、自己と世界を見つめることができる」

それが校長の口癖だった。老荘思想だけではなく、儒教も教わった。吉平にとって、初めて触れる中国思想で、ことさら新鮮に思えた。

「大陸に行ってごらん、何もかも日本とは大違いだぞ」

折に触れそう言われた。校長の考え方は普通の日本人とまったく違っている。ひどくスケールが大きいように感じられた。

驚くことに横浜高等工業学校では、御真影《ごしんえい》や教育勅語《ちょくご》を奉戴《ほうたい》することがなかったのだ。天皇制と軍国主義の大日本帝国で、人間性を追求する教育に全霊を捧げた校長から受けた影響ははかり知れない。

校長室の書棚には、哲学書と並んで画集も多く収められていた。雪舟《せっしゅう》の描く山水画に吉平は心惹《ひ》かれた。雄大な景観を、この目で確かめたいと思った。

吉平の中に中国への強い尊敬の念が芽生《めば》え、次第に大きく膨らんでいった。いつか大陸に渡りたいと真剣に願うようになった。校長の言葉の一つ一つが、吉平の人生の道しるべとなった。

横浜高等工業学校を卒業して、一九三五年に満洲の大同学院に留学する決意をした。中国思想の本場で学んでみたいという願いが、ついに叶《かな》ったのだ。

だが大同学院は「王道楽土」建設を担う満洲国の中堅官吏《かんり》養成機関で、高等工業学校の校風とは真逆だった。学院の実質的な指導者は日本軍だった。

それでも卒業生の中には、満洲国の理想を信じ、満蒙開拓団のむやみな入植地拡大に反対して、軍部と対立するものもいた。吉平が入学した頃の学院には、自由な空気が漂っていた。少なくとも、言論の自由は残っていた。

在学中に肺に病をえて、やむなく中退して日本に帰国せざるをえなかったのは、痛恨の極みだった。まだ学びたいことが沢山あった。

一九三六年九月、鹿児島出身の同級生・武田信近の厚意で、彼の実家の医院に身を寄せて療養させてもらうことになった。風光明媚《めいび》で温暖な南国の風に当たったおかげか、ほどなくしてすっかり元気になった。

回復してからは職探しに奔走した。学院の先輩の紹介で、上海陸軍特務部総務班に職が見つかり、再び大陸へ渡った。一九三七年十月のことだった。

吉平は上海陸軍特務部での任務を、スパイ活動や謀略工作というふうにはとらえていなかった。高等工業学校で培《つちか》った自由の精神や大同学院で知遇《ちぐう》を得た先輩たちの理想主義が、吉平の中に確かに息づいていた。

事変と称しつつ、事実上、日本は中国と交戦中で、泥沼の闘いに足を踏み入れている。どうしたら停戦できるだろうか、それを模索することこそ、自らの任務と信じた。軍に籍を置くとはいえ、元はと言えば独自に情報収集したいという内閣の要請から派遣されたのだ。軍のために働くという意識はゼロに等しかった。堕落《だらく》した職業軍人らが、大きな顔をして威張《いば》っているのも見るに堪えない。同胞として恥ずかしい限りだった。軍属でありながら、吉平は一貫して反天皇、反軍閥、反帝国主義を貫いた。

「私が中国人なら、現在の日本を信じない。対華政策を変更する新しい政治体制を要求します。まずは日本の撤兵が大原則でしょう」

陸軍省軍務局の会議の席で、堂々と発言したこともある。この発言は相当な物議をかもしてしまう。それ以来、中国側から狙われる心配はなくなったが、日本軍からは要注意人物と見なされるようになった。軍によって消される可能性も大いにあった。実際にその後憲兵隊に逮捕されて、上海を追われるはめになったのだ。

アスターハウス・ホテルを拠点として活動していたのが、小野寺信《まこと》中佐による特務機関で、小野寺機関と呼ばれていた。

小野寺中佐は参謀本部ロシア課から上海に派遣されていた。支那課による大陸侵攻作戦が着々と進む中、ロシア課は一刻も早く戦火を終結させ、ソビエトに目を向けなければと危機感を募らせていた。小野寺機関の表向きのミッションは「支那情勢の分析」だったが、戦争長期化による対ソ防衛力の弱体化を恐れたロシア課が、独自に「蔣介石との直接和平の可能性を探る」というのが、隠れたミッションだった。

共産主義の視点で情勢を見る必要があるとして、ソビエトや中国共産党の事情に明るいものが多く集められた。共産党からの転向者も多く、反体制的な気概《きがい》のある人物がそろっていた。

参集したメンバーには、吉平と親しい早水親重《はやみちかしげ》だけではなく、鹿児島での療養で実家に世話になった武田信近もいた。吉平は正式メンバーではなかったが、同じ志を持つつながりで、よくアスターハウス・ホテルに足を運んだ。そこで一人の女性の存在を知った。

ある日、ミーティングの行われているホテルの一室に入ると、窓際の席に若い女性が座っていた。メモを取りながら時折頷《うなず》き、皆の意見に熱心に耳を傾けている。ウエーブのかかった髪に日差しがあたり、冠《かんむり》を被《かぶ》っているように見えた。その席だけ特別なスポットライトが当たっているようだった。

「おい、あれは、誰だ？」

顔見知りのメンバーに耳元で囁《ささや》くように尋《たず》ねると、怪訝《けげん》な表情をされた。

「知らないんですか。鄭《テン》さんですよ。鄭蘋茹《テンピンルー》さん」

聞き覚えのある名前だった。なぜか直視してはいけない気がして、吉平はわざと目をそらした。

「主席検察官のお嬢さんですよ」

吉平の所属する上海陸軍特務部も、日中二ヶ国語に堪能な人物を探しているところだった。鄭家に親しい者が蘋茹を推薦したらしく、特務部でもその姿を見かけるようになった。彼女は週に二、三回、特務部に出向いて来るようになった。

語学に堪能なだけでなく、人当たりもよく有能な蘋茹は、あっという間に人気者になった。ひときわ目を引く存在だったが、歳《とし》の離れた小さな妹がついてきていたし、父親が高等法院主席検察官と聞けば気おくれもして、なかなかこちらからは話しかけられずにいた。

そんな蘋茹と親しく話せたのは、とある会食の時だった。

共産党工作員二名が憲兵隊に逮捕され、吉平がその救助を依頼された。逮捕された工作員を、特務部の工作員と偽り、まんまと救出に成功したのだ。

フランス租界の洒落《しゃれ》た緯達《いたつ》飯店というレストランで、お礼の晩餐《ばんさん》が開かれた。十人ほどの賑やかな宴だった。八宝菜や白切鶏《バイチェジー》などの心づくしの上海料理でもてなしを受けた。美酒もふんだんにふるまわれた。中国共産党と国民党が協力体制にあるせいか、国民党側からも二名が参加した。そのうちの一人が鄭蘋茹だった。

参加者は日本語も中国語も流暢《りゅうちょう》にあやつれるメンバーばかりだったが、このときは吉平らへのお礼の席ということで、おもに日本語で会話がなされた。

救出された共産党員がお礼のスピーチを述べたあとに、吉平も何か一言をと指名された。吉平はおもむろに立ち上がり、思いのたけを述べた。

「日本軍機関に所属して、あらためて日本軍の堕落《だらく》と帝国主義を肌で感じています」

素直な気持ちだったが、向かい側の席で蘋茹に見つめられていると思えば、いっそう気持ちが高ぶる。吉平のスピーチは、次第に熱を帯びていった。

「私が日本軍機関に所属しているのは、中国民族の最前線で活躍する皆さんを、民族の戦士として尊敬するためであり、漢奸《かんかん》に仕立て上げようとか、日本の体制維持のためのスパイ諜報《ちょうほう》のためなどでは断じてありません。我々と志を同じくするものが、軍部にも民間にもおります」

感極まって声がうわずった。まだ酒はそんなに飲んでいないというのに、我ながら何をあがっていたのだろう。

「侵略をくり返す大日本帝国を、平和な国に生まれ変わらせるのを使命と感じ、死をいとわず秘策を実践《じっせん》する覚悟であります」

拍手がわき起こる。

「どうか我々を信頼してほしい」

蘋茹は何度も頷き、潤《うる》んだ瞳でこちらをじっと見つめていた。

明眸皓歯《めいほうこうし》。この表現がこれほどしっくり感じられる女性が他にいるだろうか。白い肌は艶々《つやつや》として、頬《ほお》はうっすらと桜色に染まっている。切れ長の目には褐色の瞳が輝いて、若々しく健康的な印象を与える。ふっくらと形の良い唇には、絶えず笑みが浮かび、時折白い歯がこぼれる。ウェーブをかけた前髪で広い額を隠している。

手足が長く、均整のとれた肢体の持ち主でもある。

化粧をしているとは思えないほど薄化粧で、水色のブラウスの上に同系色の紺のカーディガンを羽織り、小粒の真珠のネックレスをしている。清楚《せいそ》だが、よく見ると十分におしゃれで、柔らかな雰囲気とあいまって、あか抜けた印象を与えている。その上、非常に礼儀正しく、躾《しつけ》の行き届いている良家のお嬢さんという感じだった。

魔都と呼ばれる上海で、妖艶《ようえん》な魅力をふりまく女性にはよく出会ってきたが、こんなに潑溂《はつらつ》として礼儀正しい女性に出会う機会はほとんどなく、ことさら新鮮に映る。

蘋茹を見ていると、なぜか故郷・江別の景色が脳裏に浮かんだ。

江別はアカマツやハルニレ、ブナの生い茂る広大な森が点在する自然豊かな土地で、樹齢四百年という大きな栗《くり》の木があった。中でもよく思い出すのは、ノハナショウブの群生する湿地帯だ。六月になると一帯は紫色に染まって、この世のものとは思えない幻想的な美しさだった。

自然体で気取ったところの少しもない蘋茹を見ていると、故郷の大地に吹き渡る風を連想するのだった。

「花野さん、先ほどのスピーチ、素晴らしかった。頼もしく感じました」

会食が終わると、蘋茹の方から吉平に近づいて来た。憧れていた人が、目の前にいた。

「そのように言っていただき大変に光栄です」

吉平の掌《てのひら》が汗でにじんだ。蘋茹が白い歯を見せてにこやかに笑う。この微笑を前にして、冷静にしていられる男がどれだけいるだろう。

「鄭さんは、北海道にいらしたことは、ないですか」

思わずそんなことを口にしていた。

「ホッカイドウ？」

蘋茹は不思議そうな顔をして首を傾《かし》げる。

「私は日本で生まれましたが、二歳の時に家族で上海に来ました。その後は日本に行ったことはないのです」

いきなり奇妙な質問をした自分が恥ずかしく、身体がかっと熱くなった。

「日本のことは母から聞くばかりです。ホッカイドウというのは北国ですよね。美しいところだそうですね」

「そうでしたか、いや、失礼しました。私は北海道の江別というところで生まれ育ちました。鄭さんを見ていると、なぜか、故郷を思い出してしまう」

蘋茹は再び不思議そうな表情をしたが、やがて嬉しそうに微笑《ほほえ》んだ。

「まあ、そんな……私を見て故郷のことを？　それは光栄です」

「もしや、お母上は、北海道とご縁はないでしょうか」

少しでも話を長引かせたいと、妙な質問をして話を引きずってしまう。蘋茹は気を悪くした様子もなく、真剣な表情で吉平の言葉に耳を傾けている。

「母はイバラキというところで生まれたそうです。ツクバサンという山を見て育ったと聞きました。母の故郷も自然に恵まれた美しいところだそうです。写真を見たこと、あります」

蘋茹ははきはきと答えた。吉平は次の言葉が見つからず、思わずうつむいた。そんな吉平を気の毒に思ったのか、蘋茹が思いがけないことを口にした。

「そうだわ、花野さん、お願いがあります。我が家に遊びにいらっしゃいませんか」

「え？　鄭さんのお宅にですか」

「日本人の方とお話ししたいと、母がいつも言っているのです。でもいばった軍人さんはお断りです。花野さんみたいな方なら、安心できます。母を紹介したいのですが、いかがでしょう」

　どうせ社交辞令だろう。そもそもエリート司法官僚の自宅を訪れるなど、気が引ける。だが蘋茹は懇願するように何度も吉平を誘い続けた。

「花野さん、母の話し相手になってやってくれませんか。私も母から日本の自然について聞かされてきました。ホッカイドウについても、ぜひ聞かせてください。母もどんなにか喜ぶでしょう」

　お願いしますと蘋茹は何度も頭を下げた。彼女のような女性に、これほど熱心に頼まれて、断れる男がいるだろうか。

「わかりました。そのうちに、必ず。お約束します」

「本当ですね？　約束ですよ」

　蘋茹は柔らかな笑みを浮かべる。

「花野さんにお目にかかれて、良かった」

　そういうと立ち去った。ライラックの香りがした。

　会合からまもなくのこと、吉平はあるパーティで、高等法院主席検察官・鄭鉞《テンユィエ》と知り合った。蘋茹の父だった。背が高くすらりとして、礼儀正しく、温かな雰囲気を醸《かも》していた。その点は蘋茹とそっくりだ。眼光は鋭く、いかにも切れ者という印象だった。

じきに吉平は、フランス租界の万宜坊《まんぎぼう》と呼ばれる高級住宅街の一画にある鄭家に招かれた。広々とした居間で、夫人の華君《ホアーチュイン》や蘋茹の弟・南陽《ナンヤン》、妹・静芝《チンチー》を紹介された。以来、鄭家の人々と、文字通り家族ぐるみの付き合いをするようになった。運命というのはつくづく不思議なものだと吉平は思う。

夫人の華君は、吉平からしきりに日本の話を聞きたがった。夫の鄭鉞は法律家らしく、政治や軍事の硬い話に終始するのに対して、華君は日本の流行や風俗などに、女性らしい関心を寄せていた。蘋茹の言った通りだった。

「最近、日本の女性たちは、どんな服装をしているのかしら。どんな髪型が流行っているのでしょう」

華君は上海の上流婦人たちの間で流行《はや》っている黒いマントのようなコートドレスを着ていた。正直なところ、あまり似合っているとは言えなかった。そのせいか、自信のなさそうな、おずおずとした印象を与えた。

「銀座は相変わらずにぎわっているのかしら。着飾った女性たちが、今でも楽しそうに闊歩しているのでしょうね」

華君は吉平に次々と質問を浴びせる。そして吉平の話す日本の様子に、うっすら涙さえ浮かべた。よほど故郷が恋しいのだろう。

冷静で穏やかな鄭鉞に比べて、華君はどこか勝気なところがあり、見栄っ張りでもあった。指には大きな翡翠《ひすい》の指輪をはめていた。何でも結婚するときに日本の家族や親族に罵声《ばせい》を浴びせられた経験があるといい、それがよほど悔《くや》しかったらしく、見返してやりたいという気持ちが強いようだった。

吉平が日本から取り寄せた婦人画報という女性誌を持参した時には、ひどく喜び、むさぼるようにページをめくった。

華君は夫に遠慮してか、はじめは上海語で会話していたが、じきに吉平と日本語で会話するようになった。二人が日本語で話していると、そこに蘋茹が加わり、鄭鉞や静芝も加わった。鄭家の皆が、流暢《りゅうちょう》な日本語を話した。蘋茹は英語も得意なようだった。鄭家の居間には、日本と中国の国境はなく、憎しみも敵意もなかった。そこにあるのは、同じアジア人としての同志愛と信頼だけだった。

だからこそ吉平が憲兵隊に拘留《こうりゅう》されている間に、蘋茹の身に起きた事件は、とうてい承服できるものではなかった。吉平が釈放されたとき、蘋茹はもはやこの世のものではなかった。瑞々《みずみず》しい若さをふりまいていた蘋茹は、死からもっとも遠い存在に思えた。いったい蘋茹に何が起きたというのだろうか。

魔都上海では、いつ誰が殺されてもおかしくはない。それでも蘋茹だけは、死から遠く離れているように思えた。それほど彼女は生命力にあふれていた。

誰もが恐れる「ジェスフィールド76号」主任の丁黙邨《ていもくそん》という危険人物に堂々と近づき、気に入られて愛人となり、暗殺を企てたと聞いたときには、耳を疑い、何度も聞き返した。目の前が真っ暗になった。そんな大胆なことができる人とは思っていなかった。吉平は蘋茹の一面しか見ていなかったというのだろうか。

蘋茹はいったいどれほどの覚悟を持って、敵の懐に飛び込んでいったのだろう。国を思う一途《いちず》な気持ちに気づけなかったのが悔しくてならない。

丁黙邨が蘋茹に夢中になったのは、容易に想像がつく。沢山の中国人同志を暗殺してきた黙邨は、血の匂いのする男だった。自身も度々暗殺未遂に遭《あ》っていて、九死に一生を得ている。いわば死に最も近いところにいる存在といえよう。黙邨にとって蘋茹は、つかの間でも死を忘れさせてくれる存在だったに違いない。

黙邨は貧相な小男の上に、爬虫類《はちゅうるい》を思わせる冷たい目をした男だ。見るからに虫唾《むしず》の走るような奴だ。だが権力や金の魔力に惹《ひ》かれるのか、黙邨の周囲には女の影が絶えないという。女を惹きつける独特の魔力が彼には備わっていたのかもしれなかった。

いくら暗殺が目的とはいえ、蘋茹があんな男の前に、身を投げ出さなければならなかったとは。想像するのもおぞましい。残された家族の心情を思えば、胸が張り裂けそうだ。良家の子女として、蘋茹を厳しくしつけて育てた華君は、いったいどんな思いで娘を見つめていたのだろう。父親の鄭鉞は、娘の行動を黙認していたのだろうか。

それにもまして不可解なのは、暗殺失敗後に自宅に逃げ帰った蘋茹が、みずから自首したという点だ。なぜ家族は止めなかったのだろう。万が一にも処刑されるとは、考えなかったのだろうか。

それとも蘋茹ははじめから、死ぬ覚悟で家を出たというのか。

もしも吉平がそばに居たなら、力ずくでも蘋茹を阻止して、自首などさせはしなかった。何としてでも、遠くに逃げさせただろう。変装させて日本に連れて行くことだって、不可能ではなかった。軟禁されていた館に、命懸けで忍び込み、彼女を救い出そうとしたかもしれない。それくらいの勇気は、持ち合わせていると自負している。もしや今でもどこかに隠れて、生き延びていてはくれないだろうか。何度そう祈ったことだろう。

だが……吉平の脳裏を、ふいに小さな疑問がよぎる。

上海憲兵隊に逮捕された吉平は、何故あれほど長く拘留されていたのだろう。釈放されたときには、もうすべてが終わっていたのだ。

吉平は日本軍にひどく睨《にら》まれ、疎《うと》まれていた。鄭一家と親しくしているのを、日本軍はおそらく把握していただろう。蘋茹の処刑前に吉平を釈放してしまったなら、彼女を救出するために、吉平が何をしでかすかわからない。そんなふうに警戒されたのではなかったか。

蘋茹を助けたいという思いは、誰にも負けなかった。自らの手で蘋茹を救い出したかった。蘋茹もいつか吉平が助けに来ると、待っていてくれたのではなかったか。思い上がりだろうか。自意識過剰だろうか。

「花野さんにお目にかかれて、良かった」

緯達飯店の祝宴で、白い歯を見せて笑った蘋茹の姿がよみがえる。

尾崎も蘋茹をよく知っていた。蘋茹の処刑について、彼は何を思っただろう。尾崎とも蘋茹について語り合いたかった。

鄭鉞と華君は、どれだけ傷心の日々を送っているだろう。会いに行かねばならない。まず彼女の遺影に花を手向《たむ》けたい。それから蘋茹を救えなかった詫《わ》びを言い、真相を聞かせてもらわなくては。それこそが上海に戻ってきた一つの大きな目的なのだ。弟の南陽とも言葉を交わせるだろうか。

吉平は静安寺路の花屋に寄って、百合《ゆり》の花を買った。濃厚な甘ったるい香りが匂いたち、むせそうになる。抱えきれないほどの花束を持って、吉平は万宜坊《まんぎぼう》へと歩を早めた。

第二章　鄭《テン》家の居間　一九四一年十月

豪華な邸宅がマロニエ並木に建ち並ぶフランス租界の中でも、さらに一等地と呼ばれる場所に、高級マンション群が広がっている。車が余裕を持ってすれ違える大きな門をくぐると、閑静でゆったりした空間が見えて来る。ここは上海の富裕層が住まいを構える万宜坊《まんぎぼう》と呼ばれる邸宅街だ。

アイボリーの外壁も色鮮やかな三階建ての建物が、規則正しく並んでいる。縦横に走る路地には、街路樹が植えられていた。

荘重なゲートを抜けて、奥に向かってまっすぐ二百メートルほど行った右手に建つ二軒続きの瀟洒《しょうしゃ》な建物、万宜坊八十八号というのが、鄭《テン》一家の住まいだ。当初はもう少し奥まった部屋に住んでいたらしいが、鄭鉞《テンユィエ》が検察長になったのを機に、手狭な部屋を手放し、二台の駐車スペースのある広い部屋に移り住んだと聞く。

そもそも万宜坊というのは、フランス資本の業者が開発に着手し、一九二九年に売り出しを開始した低層のマンション群で、敷地の要所要所には消火栓が設置され、ガス、電気、上下水道も完備し、近代的な設備をアピールポイントにしていた。当然ながら価格は高額で、ここに住めるのは成功した実業家、豊かな商人、高級官僚、高名な学者、有名作家などで、庶民からは垂涎《すいぜん》の的の邸宅だった。その一画に鄭家は住居を構えた。まさに成功者としての証《あかし》を手に入れたようなものだった。

以前、吉平が鄭家を訪れた時、鄭鉞と華君《ホアーチュイン》が仲睦《なかむつ》まじく並び、蘋茹《ピンルー》と静芝《チンチー》姉妹が両親を囲むようにして座っていた。一点の曇りなく完璧《かんぺき》で、家族の一つの理想形に思えた。

親の反対を押し切って異国の男に嫁いだ華君は、自ら築いた立派な家庭を、吉平に自慢しているようでもあった。それを吉平は素直に受け止め、見守ろうと思った。

今から思えば既《すで》にあの時に、鄭家に音もなく悲劇がしのび寄っていたのだ。その気配に気づかなかった鈍感さが、悔やまれてならない。

蘋茹の予想通り、華君はすぐに吉平に心を開き、信頼を寄せるようになった。母親の猛反対を押し切って上海にやってきた時のことは、特に何度も聞かされた。広大な大陸に初めて接した時の心情など、吉平も大いに共感したものだ。万宜坊の整然とした街並みを眺めながら、吉平はそれを静かに反芻《はんすう》する。

華君が夫の母国に向けて横浜から上海航路の汽船に乗り込んだのは一九一六年、長女の真如《チェンルー》は四歳、次女の蘋茹はまだ二歳だった。

「祖国に帰ろうと思う。祖国のために、今こそ立ち上がりたい。日本で学んだことを役立てたいんだ。もちろん、ついてきてくれるね」

夫君の鄭鉞の言葉に、華君は迷うことなく頷《うなず》いた。決意はとうに固まっていた。

「あなたを助けて新しい国を建設し、自分たちの国で幸せな家庭を作る。子どもたちには、日中二つの国のお役に立ってもらうのよ」

華君はことあるごとに夫君とそう確認しあったという。皮肉なことに、夫妻のそんな揺るぎない決意が、蘋茹を追いつめた——そう思えないでもない。

鄭鉞は一九〇六年清国《しんこく》の官費留学生として来日し、法政大学専門部に通い法学を学んだ。下宿先は早稲田鶴巻町《わせだつるまきちょう》だった。日本には清国からの官費留学生が数多くいたが、清朝を倒し、近代的な新生中国を建設しようとする気運が、当時ひそかに高まっていた。「中国同盟会」という組織が結成され、革命の使命感に燃えた留学生たちが、我も我もと競って入会した。来日したばかりの鄭鉞も、早速同盟会に入会した。

華君の本名は木村花子という。花子は当時、奉公先の老舗《しにせ》旅館で行儀見習いをしていたが、まじめな働きぶりを法政大学の教授に見込まれ、同盟会を手伝って欲しいと依頼された。有能な花子は、書類の整理や手紙を送り届けるなどの秘書役を、次第に一任されるようになる。鄭鉞も同盟会ですぐに頭角をあらわし、事務所で総務役を務めるようになった。それが二人の出会いだった。

同盟会の活動は幅広く、本国への革命運動や武装蜂起《ほうき》への資金援助、機関誌の発行、政治集会の開催、募金活動など多岐にわたっていた。活動の中心地は、孫文《そんぶん》も居を構えていた牛込区と早稲田鶴巻町周辺だった。同盟会は若者たちの活気で満ちあふれていた。同時に秘密めいた匂いのする組織でもあったらしい。

「私が秘書役に抜擢《ばってき》されたのも、寡黙で口が堅いと思われたからに違いないのよ」

華君は笑いながら懐かしそうに目を細めた。

一九一一年辛亥《しんがい》革命が起こり清国はついに滅亡、一九一二年南京《ナンキン》に中華民国が成立した。中国は新しい時代を迎え、大きなうねりの中にあった。

鄭鉞は日本語が抜群に得意で、花子と時々言葉を交わすようになった。働き者の花子に、鄭鉞は好感を持ったようだ。花子の方も、涼し気な目元のすらりとした鄭鉞に、淡い恋心を抱くようになったという。

祖国のことを憂い、高い志を抱く鄭鉞の姿が、頼もしく、まぶしく思えた。若い二人の間の距離が縮まるのに、時間はかからなかった。

教授の尽力もあり、二人はようやく結婚にこぎつけた。花子の母親は結婚に猛反対し、披露宴に出席してくれなかったが、教授が仲人を買って出てくれた。早稲田界隈《かいわい》の小さな中華料理屋で、ささやかな結婚披露を執《と》り行った。

しばらくして長女が生まれると、母の気持ちも少しずつほぐれていくように見えた。だが中国に渡るという花子の決意を、母は最後まで許しはしなかった。

「本当に行ってしまうの。母がこんなに心配しているのに。老いた母を置きざりにして、遠くへ行ってしまうというの」

母親は声をあげて泣いた。それは異国に嫁ぐ娘を案じているというより、哀れんでいるかのようだった。母の虚《うつ》ろな表情を見て、花子はやりきれない思いがした。

「お母さん、私なら大丈夫。幸せになって見せる、絶対に。心配しないで。私を信じて」

悲壮な決意で花子は母にそう告げた。

「だから、何が何でも、幸せにならなければいけなかったのよ」

華君は吉平に向かって呟《つぶや》いた。親不孝をした上に、これ以上、親に心配をかけるわけにはいかなかった。幸せになって見せる、絶対に。反対されればされるほど、花子の決意は頑強に固まって行った。

東シナ海の荒波に一晩揺られて、上海に向かう入江に入ると、船の揺れが急に穏やかになった。

「揚子江《ようすこう》に入ったよ。これが私の祖国だ。見ていてごらん、じきに上海が見えてくる」

鄭鉞が花子の肩を抱いて、誇らしげに言った。花子は鄭鉞の指し示す先を、じっと見つめた。

「揚子江……」

初めて見る広大な中国の眺めに、花子はたじろいだ。この国の途方もない大きさを、あらためて思い知らされるようで鳥肌が立った。

朝靄《あさもや》の彼方《かなた》に、天に向かってそびえ立つ幾つもの摩天楼が忽然《こつぜん》と現れた。

「ごらん、これが上海だ」

湾に沿って高層ビルがぎっしり隙間《すきま》なく建ち並んでいた。絵葉書や写真では何度も見せられていたが、実際の迫力は想像をはるかにこえていた。

「す、すごい……」

今日からは、ここが自分の故郷になる。ここで新しい人生が始まる。子どもたちを立派に育てあげなくてはならない。まだ眠そうにしている幼い娘の掌《て》を、花子は強く握りしめた。

上海で暮らしはじめるとすぐに、名前を中国式の華君《ホアーチュイン》に変えた。花子という名を捨てて、中国人として生きる決意を固めた。夫を信じて、夫のために幸せな家庭を築く。そして中国と日本の懸け橋になる。そう誓って、華君は必死に生きてきた。

幸い鄭鉞は人望も厚く、勤勉で優秀、弁護士の資格を取ると、司法官として順調に出世を果たした。

上海は、魔都と呼ばれるほど得体のしれない誘惑の多い街だ。出世すると女をつくるのが、この国の男たちの常だった。だが鄭鉞は妻以外の女には目もくれず、妻と家庭をこよなく大切にした。人も羨《うらや》む、誠実で良き夫、良き父親だった。

長女、次女に続いて、長男、次男と男の子が続いて生まれ、三番目の女の子も生まれた。その子どもたちもすくすく育ち、鄭鉞の収入も申し分なかった。これ以上何を望めば良いのだろう。

「母に約束した以上の確かな幸せを、私は手に入れたのです」

そう語った華君の誇らしげな顔が忘れられない。輝くばかりの自信が満ちあふれていたのを、やるせない気持ちで吉平は思い返していた。

＊

約束の時間に十分遅れて吉平は鄭家のチャイムを押した。扉が静かに開いて、小柄で痩《や》せた白髪の老女が現れた。新しい使用人を雇ったのかと一瞬思ったが、顔を上げた女の奥二重の目に見覚えがあった。華君だと気づくまで、少しばかり時間がかかった。

「花野さん、待っていましたよ。ずっと、ずっと」

華君は既に大粒の涙を目にためていた。

最後に会ったのは二年半前の一九三九年春だった。二年半しかたっていないというのに、華君はすっかり貧相な体つきに変わっていた。ひっつめにまとめた髪はほとんど白くなり、十も二十も老けてしまったように見える。

以前会った時には、光沢のあるサテン地のブラウスを着て、金のネックレスを身に着け、大きな翡翠《ひすい》の指輪をしていた。太い眉《まゆ》にアイラインを引き、深みのあるルージュを塗り、しっかり化粧をして、いかにも裕福な家庭の奥様といういで立ちだった。

目の前にいる華君は、黒ずくめの服装をして、泣きはらした目で悄然《しょうぜん》とたたずんでいる。まだ五十代半ばのはずだが、七十の老女に見えなくもない。最愛の娘を亡くした母の哀《かな》しみを全身から漂わせていた。

「涙が枯れ果てるまで泣いたというのに、まだ涙が出るのね」

華君は声をつまらせる。悲しみが少しも癒《い》えていない様子が痛々しい。お悔やみの言葉を考えてきたはずが、華君を前にすると言葉を失う。

黙ったまま百合《ゆり》の花束を手渡すと、華君は無言で頷《うなず》き、吉平を部屋の中に招き入れた。天井の高い広々した居間には、細かい象嵌《ぞうがん》の施《ほどこ》された美しい木製家具が並んでいる。真ん中に大きな丸テーブルと丸椅子、壁際には紫檀《したん》の棚が置かれて、その横に高い背もたれのある椅子が並んでいる。棚の反対側には、ヨーロッパ風の猫足のソファに、大理石の楕円《だえん》のテーブルが置かれていた。

鄭家の居間は整然と片付けられていたが、しんと静まり返り、妙にがらんとしている。夫と娘の留守の間に来て欲しいと言われていて、他に誰もいないようだった。それが蘋茹の不在を余計に強く印象付け、鄭家を覆《おお》う深い悲しみを際立たせていた。

紫檀の棚の上で、色とりどりの花に囲まれ、蘋茹は静かな笑みを湛《たた》えている。

以前鄭家を訪れた際には、この棚に、蘋茹のフィアンセの写真が飾られていたはずだ。フィアンセは王漢勲という名で、蘋茹の中学の先輩だった。第五大隊に所属する中国空軍のパイロットで、華君のお気に入りでもあった。

蘋茹は工作員として罠《わな》を仕掛けるという大それた役割を果たしながら、戦争が終わって平和が訪れたなら、一人の女性として、普通に結婚し、妻になり母になるという穏やかな未来が待っているはずで、それが蘋茹にとっても、鄭一家にとっても、どれだけ救いになっているか知れなかったのだ。

懐かしい蘋茹の写真に、吉平は思わず駆け寄り、しみじみと見入った。切れ長の目に形の良い唇、長いまつ毛……もうとうにこの世に存在しないというのに、写真の中で微笑《ほほえ》む蘋茹は、瑞々《みずみず》しく健康的で生命力に満ち溢《あふ》れている。それが奇異にすら感じられる。

吉平の持参した百合の花束を、華君が大きな花瓶に入れて持ってきて、写真の前に供えた。百合の花の濃厚な香りが吉平の鼻腔《びこう》をくすぐる。花弁の奥の黄色い花柱を、吉平は一瞬覗《のぞ》き込んだ。ふいに蘋茹の笑みが、生々しく眼前に甦《よみがえ》る。

処刑される間際に、蘋茹は何を考えたのだろう。最後に頭をよぎったのは、誰の顔だったのだろう。できることなら自分が代わってやりたかった。どんなに無念だっただろう。迎えに行けなくてすまなかった、申し訳なかったと、心の中で何度も詫《わ》び、吉平は頭《こうべ》を垂れ、しばらくじっと祈りを捧げた。吉平を見守る華君も、すすり泣き続けていた。

吉平が長い祈りを終えて丸テーブルに腰かけると、華君が小ぶりの茶碗と小皿を盆に載せて運び、吉平の前に置いた。皿には麻花《マーホア》と呼ばれるかりんとうに似た菓子が載っていた。ひどく固い菓子で、かりかりと齧《かじ》っていると、じんわり甘みが感じられる素朴な伝統菓子で、確か、夫君の鄭鉞の好物だったはずだ。

華君は湯冷ましから急須に湯を入れ、しばらく置いてから、吉平の前の茶碗に、ゆっくり注いでいく。

「娘がジェスフィールド76号に投降するため家を出たのは、十二月末の夕刻四時頃でした。木枯らしが吹きすさぶ寒い日で、意を決するように娘は家を出ました」

茶を注ぎながら、華君は独り言のように語りはじめた。

「コートの襟《えり》を立てて歩く姿が、颯爽《さっそう》と見えたほどでした。すぐに釈放されると信じていましたから」

茶碗から花のような香りが匂い立つ。百合の花の芳香と混じって、むせかえるような甘い香りが漂う。

「あの子が家を出た直後、夫が高等法院から帰宅しました。夫は娘の不在に気づいて、どうしたのかと日本語で私に問いただしました。ふだんは日本語など決して話さないのですけれど、何か詳しい事情を聴きたい時だけ、ごくまれに日本語を使うのです」

華君は大きくため息をついた。吉平は黙って華君の話に耳を傾けた。

まず彼女の話をじっくり聞いてあげなくてはならないと感じていたし、そもそも彼女の話に口を挟む余地などまったくなかった。吉平は熱い中国茶をすするようにして飲んだ。すっきりしたまろやかな味わいが舌の上に広がる。最上級の中国茶に違いなかった。

「あの子は直前まで、身の振り方を悩んでいました。信頼できる知人に『自首しても罪を認めれば許されるはず』と断言され、家族に累が及ぶのを恐れ、意を決して投降したんです。夫にそう説明すると、夫は青ざめ、表情を曇らせ、肩を震わせました。そのままよろけるようにして、手すりにつかまりながら階段を駆け上がり、二階の自室にひきこもり、なかなか出て来ようとはしませんでした」

きっと占いをしていたのではないかと吉平は思った。

司法官僚でありながら、鄭鉞は占術をよくする男だった。彼の占いは、時に気味悪がられたり、敬遠されたりするほど、よく当たると評判だった。

「しばらくして二階から降りて来ると、夫は放心したように、言いました。あの子はもう、戻って来ないかも知れない、って。それっきり、陰鬱《いんうつ》な表情で押し黙りました」

華君はちらと吉平を一瞥《いちべつ》した。

「吉平さんもご存じの通り、あの人の占いはよく当たります。蒼白《そうはく》な顔を見て、たまらなく嫌な予感がしました。最愛の娘が戻って来ないなんて、ありえないと思いました。いつも夫の占いを信じ、一つの行動指針にしていましたが、これだけは頑《がん》として信じたくない、信じるものかと思いました」

華君はハンカチで目元を押さえた。吉平は何と声をかけて良いのかわからず、無言を通した。

ふと遠くからピアノを弾く音が聞こえてくる。鄭家の向かい側に宝石商として成功したロシア人一家が住んでいて、ピアニスト志望の少女と蘋茹が親しくしていると聞いた記憶がある。そのロシア人少女の奏でる曲に違いないと吉平はぼんやり思った。

華君はなぜ蘋茹をどこかに逃がそうとしなかったのだろう。出頭すれば、処刑される可能性があるとは想定しなかったのだろうか。尋ねたいのを吉平は必死にこらえた。それを言ってしまえば、華君を責めることになる。

何より華君は、自身を責め続けて来たに違いないのだ。そんな吉平の思いを見透かしたように、華君は静かに口を開いた。

「蘋茹も私も、日本軍の中に少しは知り合いがいました。蘋茹のことを、親身に心配してくれていると信頼もしていたのです。ジェスフィールド76号に投降する前に、藤野という知人に相談しました。蘋茹も彼を信頼して、いや、信頼しているふりをしていたのかもしれませんが、私にこう言いました。大丈夫、私は帰って来られる、お母さん、安心してって。そう言うと家を出ていきました。まるで私が日本を出国した時のように」

華君は顔を両手で覆うと、押し殺すように嗚咽《おえつ》をもらし、しばらくむせび泣いた。

「ただ黙って見送るしかできませんでした……」

吉平は華君の肩にそっと手を載せた。

止めれば良かった、家から出すんじゃなかった……華君は呪文のように繰り返しながら、しゃくりあげて、肩を小刻みに震わせている。呼吸が次第に荒くなり、このまま倒れてしまうのではないかと不安になった。異国に嫁ぎ、娘に先立たれ、憔悴《しょうすい》し、老いさらばえた華君が、あまりに哀れでならない。

「僕が必ず真相を突き止めてみせます。彼女の無念を晴らせたら……」

吉平は思わずそんなことを口走ってしまう。何のあてもないのに、大それたことを言ってしまったと後悔したが、もう遅い。

華君はふと泣きやんで、すがるような鋭い視線を吉平に向けた。

「花野さん、本当ですか？　あなたを信じて良いのね」

念を押すように、吉平を食い入るように見つめている。その視線の強さに、吉平はたじろいだ。しかしもう後には引けなかった。

「できる限りのことは、します」

今はそれしか言えない。それでも華君はひどく満足そうだった。

「そう言ってくれると思っていた。ありがとう、あなたならきっと……」

華君は姿勢を正すと、座ったまま何度も頭を下げた。

「思えばあなたが憲兵隊に拘留《こうりゅう》された頃からですよ、蘋茹がおかしくなったのは。私に隠し事をするようになったんです」

華君はため息交じりに言った。

「週に二度、三度、黒塗りの高級車で、送られて来るようになったんです。隣には小柄な、神経質そうな男が、にこりともせず座っていました」

小柄な男……丁黙邨《ていもくそん》。どんなに憎んでも足りないほど、憎い男だ。爬虫《はちゅう》類《るい》を思わせる薄気味悪い顔を、吉平も今一度思い浮かべてぞっとした。

「この国では、ネズミ顔は出世の面相と言われているのをご存じですか。あの男はネズミを思わせる風貌《ふうぼう》をしていました。確かに権力を握っている男独特の、傲慢《ごうまん》で野望に満ちた顔つきでした。男の表情はいつも険しく、娘を送り届けても、決して車から降りようとはしなかったのです」

吉平が憲兵隊に捕らえられ、拘留されている間に、鄭家にとんでもない悪魔がしのび寄っていた。自分がもしそばに居たなら、何としても黙邨との関係を断たせたのに。

吉平は歯がゆい思いで身をよじるようにして華君の話を聞いた。ピアノの音がふいに激しい曲調に変わっていく。

「あの男に送られて帰って来ると、娘は決して私と目を合わそうとはしないのです。いつもそそくさと二階に駆け上がり、夫の書斎に逃げるように入って行きました。そしてしばらく二人で、何ごとか話し込んでいるのです。書斎を出ても私には何も告げず、自室に閉じこもってしまうのです」

華君はそう言うと、悔しそうに顔を曇らせた。

「まるで日本人の母には、本当のことは話せないと言われているようでした。家庭の中で、こんな孤立感を覚えたのは初めてでした」

「そんな大変な時に駆けつけられず、本当に申し訳なかった」

吉平が頭を下げて謝罪すると、華君は首を横に振った。

「吉平さんもご存じの通り、蘋茹には、男性からの誘いが引きも切らなかったんです。それでも蘋茹は、今まで何でも隠さずに打ち明けてくれていました。その娘が、黙郁に出会ってから急に変わってしまった。心ここにあらずで、私から目をそらし、隠し事をするようになりました。そう、あの男に、魂を乗っ取られてしまったようでした」

魂を乗っ取られた？　聞き捨てならない表現に、吉平は耳を疑う。

黙郁が蘋茹に夢中になるのは当然だろう、けれど蘋茹の方が、黙郁との出会いで豹変《ひょうへん》してしまうなんて。あの男にかどわかされたとでも言うのだろうか。そんなことありえない。信じたくない。吉平の中にどす黒いものが渦まきはじめた。

掌《てのひら》にじっとり汗がにじむ。黙郁が憎い。殺してやりたいほどだ。胃がきりきりと痛む。そんな吉平の様子に気づいた風もなく、華君はふいに謎めいたことを口にした。

「娘が一度だけ、幼子に戻ったように私に甘えたことがありました。いつもより早く目覚めた娘は、目を赤く腫《は》らしていました。そして、媽媽《マーマ》助けて、こわい夢を見たのと、私にしがみついて来たのです」

「怖い夢を？　それは、一体どんな」

吉平は思わず身を乗り出した。

「それが……」

華君は眉間《みけん》に皺《しわ》を寄せて言いよどむ。しばらく考え込んでから、躊躇《ためら》いがちに話しはじめた。

「真っ黒な壁の四角い部屋に閉じ込められていて、よく見ると、壁に沢山の人の名前が書かれた札が貼《は》ってあったそうです。娘は青ざめ、なかなか震えが止まりませんでした」

たかが夢とは済まされない空恐ろしさを感じて、吉平も鳥肌が立った。

「札に書かれているのは、亡くなった人の名前なのだと。娘は心底怖かったようで、声も震えていました。しかも」

華君は一瞬言いよどむと、遠いところを見るようなまなざしをした。

「沢山の人の名前の中に、自分の名の記された札を見つけたのだと。『鄭蘋茹《テンピンルー》』って、確かにはっきり書かれてあったと。そんなことを言い出したんです。大きな目から、大粒の涙がこぼれていました」

蘋茹は恐れていたのだ。自身に死が迫っていると。はっきり予感を覚えていたのだ。

「不吉な夢でしょう……。蘋茹もよほど怖かったのでしょう、まるで幼い子どものように私に抱きつき、しばらく泣きじゃくっていました。娘を励ましてやらねばならないと、とっさにそれは逆夢だよと言いました。お前のように若くて健康な娘に、そんな悪いことが起きるはずはないと。お前は長生きする。きっと百歳まで生きる、そう言って励ましました」

華君の声が再び涙声になる。

「実際に蘋茹は、小さい頃から風邪一つ引かず、背丈もぐんぐん伸びて、すぐに長女を追い越したのです。病弱な長女に比べて、蘋茹は健康そのもの、活発でおてんばな子でした。医者にかかることもなく、手のかからない子どもでした。成長するにつれ、華《はな》やかな外見の、明るく快活な娘に育ちました。親の私が言うのもおかしいですが、蘋茹がいるだけで、周りがぱっと明るくなるような、誰からも好かれる娘でした」

ねえと華君は同意を求めるように吉平の顔を窺う。その通りだと吉平は頷く。華君は黙り込み、二人の間に静寂が訪れた。ピアノの音はいつの間にか止《や》んでいた。

窓の外は鮮やかな青から、次第に憂いを秘めた鴇色《ときいろ》に染まっていく。百合の花の香りが再びつーんと匂い立つ。吉平は冷めた中国茶を啜《すす》った。窓の外を眺めながら、蘋茹のはち切れそうな笑みを思い浮かべていた。

蘋茹ほど死から遠い存在の女はいなかった。写真の中の蘋茹も、今にも写真から飛び出して来そうなほど、まぶしく艶《つや》やかで瑞々しい。彼女がもうこの世にいないなど
と、吉平にはどうしても信じられないのだ。

「私はね、子どもたちが幼い頃、日本の昔話を、母国語で話して聞かせたんです。中国の歴史や文化だけではなく、日本のことも知ってもらいたいと願っていたので。蘋茹はとりわけ日本の昔話が大好きで、特にかぐや姫の物語がお気に入りでした。今夜はここまでだよと本を閉じても、蘋茹は目を輝かせて、じれったそうに私の肩を揺すり、先を急《せ》かしたんです。もっと聞かせて。それで、それでって。女の子は一体どうなるの、って」

華君は懐かしそうに目を潤《うる》ませる。

「月から迎えが来て、天の羽衣をまとったかぐや姫が月に帰ってしまう場面を語ると、蘋茹は目にうっすら涙を浮かべて、窓から月を眺め、静かに物思いにふけっていまし

た。その愛らしい姿に、竹取の翁《おきな》と媼《おうな》の気持ちが、私たち夫婦に乗り移るようにさえ思えました。こんなふうに蘋茹を喪《うしな》った今、蘋茹こそが、我が家のかぐや姫だったのではないかと、ふいにそんな思いに駆られるんです」

確かに蘋茹は、かぐや姫のような人だったと吉平にも思えてきた。

「幼いころから利発で活発、目鼻立ちの整った美しいあの娘は、自分には過ぎた娘でした。ひょっとして、月の都からの預かりものだったのではないかなんて、今になってそんなことを思うこともあるんですよ」

蘋茹をかぐや姫に擬《なぞら》えたい華君の親心は吉平にもよくわかる。華君の言葉に吉平はただ頷くしかできなかった。

「頭がおかしいのかと思われてしまうかもしれないけれど、あなたにだけは言いますね」

華君はじっと吉平を見つめる。

「私はまだどこかで、あの子が生きているんじゃないかと思うことがあるんですよ。だって、遺体を見せられたわけでもないですから」

吉平もまったく同じ思いだった。彼女はきっとどこかで生きている。誰かにかくまわれて、身をひそめているに違いない。吉平だってそう信じたいのだ。

「こんなこと主人には言い出せないですけれど……。この前、静安寺路《せいあんじろ》を歩いていたら、あの子にそっくりな後ろ姿を見かけたんです。同じ色のトレンチコートを着て、似たようなハイヒールを履《は》いて、小走りに私の前を走り去って行ったんです」

静安寺路には、シベリア毛皮店がある。シベリア毛皮店こそ、蘋茹が黙邨を誘い込み、暗殺を謀《はか》り、失敗した場所だ。蘋茹はグレーのトレンチコートを好んで着ていた。背の高い彼女には、たいそうトレンチコートが似合っていた。まるでフランスの女優のようだった。

「同じ色のトレンチコート？　顔は確認したのですか」

吉平がすがるように尋ねると、華君は無念そうに首を横に振った。

「追いかけて行きましたが、見失ってしまいました。でもその夜に、電話が二回鳴ったんです」

「電話が？　いったい誰からかかってきたというんですか」

「夜中の一時に二度ベルが鳴ったんです。受話器を取ると、すぐに切れてしまいました」

華君はそう言って声を詰まらせる。

静安寺路で蘋茹に似た女を見かけた晩に、無言電話が二度かかってきたなんて。そんな偶然が、果たしてあるだろうか。

蘋茹に生きていて欲しい。それは吉平とて同じ思いだ。でも、まさか。

静安寺路のシベリア毛皮店に出かけてみよう。だがその前に、会わなくてはならない人がいる。

蘋茹の処刑までの経緯を調べて、ノートに記していこうと吉平は決意した。自分に何かあった時のために、メモは秘密の場所に隠して千恵子に託すつもりだ。吉平は冷めきった茶を飲み干しながら、思いをめぐらしていた。

第三章　洋館の料理人

一九四一年十月

「またあの人のこと、考えているでしょう」

千恵子は朝から機嫌が悪い。

鏡を見ながら髪を梳《す》き、眉をくっきり長く引いて、丁寧《ていねい》に濃いめのルージュを塗っている。小柄でほりの深い顔立ちの千恵子は、満映の専属女優・李香蘭《りこうらん》に似ているとおだてられたことがあり、それ以来、李香蘭のブロマイドを見ては、メイクの手本にしているようだ。

李香蘭はエキゾチックな美貌と澄んだ歌声で、日本や満洲国で大人気となった。二枚目スターの長谷川一夫とも、何本かの映画で共演している。今年の紀元節には日本劇場で「歌ふ李香蘭」に出演、大勢のファンが大挙して押し寄せた。劇場を何周にも亘《わた》って取り巻き、消防車が出動、散水して、彼らを移動させるほどの騒ぎになった。

「とうに亡くなってしまった女の方が、吉平さんには大事なんでしょう」

千恵子は皮肉めいたことを言って口を尖《とが》らせる。

「そばにいる女より、彼女の方が大事なのよね。吉平さんには、他にもやるべきことがたくさんあるでしょうに」

アイラインを太く描きすぎたのか、目の下が黒く滲《にじ》んでいる。化粧をしない素顔の方が可愛いのにと吉平は思うが、口には出せない。

千恵子のことをもちろん愛《いと》おしく思っているのだが、それは女としてというより、身内のような存在で、勘の鋭い千恵子はそれを察して不満を抱いているようだった。死んだ鄭蘋茹《テンピンルー》のことを、女神のように崇《あが》めているのでしょうとぼやいたり、恨み言を言い募《つの》ったりする。

だが同時に蘋茹の死の真相について、千恵子も強く関心を持っていて、彼女なりの見解を述べては、吉平にヒントを与えてくれもする。

つい先日も、蘋茹が軟禁されていた邸《やしき》の料理人だった王という男が、南京路《なんきんろ》の中国料理店で働いているという貴重な情報を入手してきた。海軍武官事務所の職員らの行きつけの店らしく、その男との約束まで取り付けてくれた。今日の午後、吉平はその男に会いに行くことになっている。

部屋を提供してくれた上に、毎晩手料理をふるまってくれる千恵子には、感謝のしようもない。だが無念の死を遂げた蘋茹を思えば、今でも胸がしめつけられるようだし、華君《ホアーチュイン》との約束も果たさなければならない。黙邨《もくそん》への憎しみに、薄汚い嫉妬《しっと》が混じっているのに吉平は気づいてもいるが、それすら振り払えずにいる。

生前には蘋茹を同志だと思い込もうとしていた。けれど処刑の報を聞いた途端に、胸の奥底に秘めていた恋情がにじみ出てきて、止めることができなくなった。彼女への思いに、自分なりにけりをつけなければ、千恵子との将来に踏み出すことができない。不器用な性分について、吉平は千恵子にうまく説明できずにいた。

特にトレンチコートの女性を目撃したという華君の証言を聞いてからは、それが頭の片隅からどうにも消えない。娘を思うあまりの錯覚だった可能性は高いが、ひょっとして本物だったのではないかと思うこともある。いや、どうか生きていてくれと、願わない日はない。それを千恵子にはさすがに言い出しかねて、ただただすまないと、心の中で詫《わ》びてばかりの毎日だ。

他にもやることがあるでしょうにという千恵子の指摘も実に正しい。蘋茹の死の真相を探るのは、あくまで個人的な目的で、吉平はある密命を帯びてもいた。

東京在住のFという人物から、上海での日本軍に関する機密情報について調査して欲しいと頼まれ、渡航費用と滞在費用を工面してもらっているのだ。Fは華族の次男坊で、社会主義に傾倒し、密《ひそ》かに反戦活動をしている。海軍武官の事務所で働く千恵子に迷惑をかけるわけには行かず、千恵子にはもちろんそんな話はしていない。だが勘の鋭い千恵子のこと、吉平の金の出どころについては、薄々気づいているようだった。

依頼された任務を遂行するのは当然の義務だが、いざ上海に戻ってみると、蘋茄の面影に吉平の頭は占領されてしまった。まず蘋茄処刑について、ある程度道筋をつけてから、軍部の情報収集に本腰を入れようと思っていた。

以前軍属にありながら、和平工作に加わり、公然と軍部批判をしたときには案の定、憲兵に捕らわれたが、拷問《ごうもん》を受けることもなく無事に釈放された。もし今度捕まったなら、拷問どころでは済まないだろう。その覚悟はできている。くれぐれも千恵子を巻き込まないようにと、それだけは強く意識している。

折しも日本では近衛首相と東条陸相が対立して、近衛内閣は総辞職に追い込まれた。代わって、今まで強硬に対米開戦を主張してきた東条が首相になった。東条内閣の成立である。軍を抑えるには強硬派の東条を使った方が良いという意見があったと聞くが、東条が軍を抑えられるとは到底思えない。むしろますます暴走させてしまうのではないか。

日米の軍事問題解決に向けての交渉が、野村駐米大使と米国務長官ハルを介して、この四月から本格的にスタートしていた。当初は米国も日本に対し穏健な立場を取ろうという判断だったと聞く。だが日本軍が南部仏印《ふついん》への進駐を決定すると、状況は一変する。対日宥和《ゆうわ》派の発言力は、急速にしぼんでいった。

米国は在米日本資産の凍結を発表し、対日石油輸出の全面停止という最も強いカードを切った。そして日本軍の仏印・中国からの撤兵、汪兆銘《おうちょうめい》政権の否認、日独伊三国同盟の無効化を突きつけた。

米国の要求はもっともと吉平は思うが、日本軍は当然ながら激しく反発し、対米開戦はもはや不可避という意見が大勢を占めるようになってしまった。

対米開戦……何という愚《おろ》かなことを。心ある人たちは皆そう思っている。日米の国力の差は、歴然としている。日本の国民総生産はアメリカの十分の一に過ぎない。鉄鋼生産量に至っては十分の一以下だ。

日本では武器生産に必要な金属資源の不足を補うために「金属類回収令」なるものが出され、建物の鉄柵や手すり、鐘楼《しょうろう》の鐘などが供出させられた。学校の校門や偉人の銅像までも供出の対象になった。そんな日本が、いったい、どうやって、米国に闘いを挑むというのだ。無茶にもほどがある。

だがもうこの流れを、誰にも止めることはできない。

そもそも日本は中国の底力を見誤っている。日本軍による強力な一撃を加えるだけで、国民政府は屈服し、早期講和に持ち込めるという極めて楽観的な「対支一撃論」が唱えられ、多くの人がそれを信じた。しかも近衛内閣は「国民政府は相手にせず」などという大見得《おおみえ》を切ってしまう。国民政府や蔣介石の力を完全に見くびっている。いつか痛い目に遭《あ》わなければ、勘違いに気づかないのだろうか。

ますます底なしの泥沼へ突き進んでいく日本……吉平の前に立ち塞《ふさ》がる闇も深まるばかりだ。

＊

南京路というのは、外灘《ワイタン》から上海人民公園を走る大通りで、大型デパートも何軒か建ち並ぶにぎやかな繁華街だ。地図を見ながら歩いていると、デパートの並びの少し奥まったところに「老上海餐庁《ツァンティン》」という派手な看板を見つけた。白地の壁に茶色い屋根、入り口には赤い提灯《ちょうちん》がいくつも掲げられている。思い描いていたよりも、ずっと立派な三階建ての料理店だった。千恵子によれば老舗《しにせ》の上海料理屋で、小籠包《ショウロンポー》の有名な店だという。

扉を開けて中に入ると、白い壁に大きな牡丹《ぼたん》の絵が掛けられていた。牡丹の絵を眺めていると、若い女性店員が寄ってきた。名前を告げると、すぐに奥の部屋に案内された。

「しばらくお待ちください」

女は流暢《りゅうちょう》な日本語でそう言うと、部屋を出て行った。女は中国茶を持って再び戻ると、丁重《ていちょう》に頭を下げすまなそうな顔をした。

「王はただいま手が離せません。もうしばらくお待ちください」

忙しい時間帯に訪ねたことを詫びると、女ははにかむような笑みを浮かべた。

隣の部屋からは数名が賑やかに談笑する声が聞こえてくる。職場の内輪の集まりらしく、誰かを送り出す宴会のようだった。

吉平は熱い中国茶を飲みながら部屋をぐるりと眺めた。黒檀《こくたん》の家具で統一されたシックな印象の部屋で、四人掛けの小ぶりなテーブルが配されている。この部屋にも、赤と白の大輪の牡丹をえがいた屏風《びょうぶ》が立てかけてあった。

牡丹は中国では花の王様と呼ばれていて、夫婦愛を意味する縁起の良い植物と聞いている。牡丹の絵を飾ると良い配偶者にめぐり会えるという言い伝えがあるそうだ。

適齢期の娘がいると、部屋に牡丹の絵を飾る習慣があるとも聞く。そういえば千恵子も鏡台の前に牡丹の絵を掛けていたのを思い出す。

蘋茹はどうだったのだろう。蘋茹は牡丹の花より、むしろ清楚《せいそ》な百合の花が似合う人だった。野に咲く一輪の気高い百合のような人……またもやそんな感傷に襲われる。どんなものを見ても、蘋茹を連想してしまうのが我ながら情けない。

隣室での会合はようやく終わったようで、客たちが別れの挨拶《あいさつ》を交わしながら部屋を出ていく気配がした。

彼らが立ち去ると、店内は急に静かになった。柱時計が低くぼーんと鳴った。

吉平がぼんやり考え事をしていると、ふいに扉が開き、背の低い小太りの五十がらみの男が、足音も立てずに部屋に入って来た。男はもの静かな佇《たたず》まいで、王と名乗った。日本語が流暢《りゅうちょう》に話せるというのも、心強い限りだった。

「この度はお忙しいところ、本当にありがとうございます」

「私で、お役に立てるでしょうか……」

王は微《かす》かに当惑したような表情を見せる。

「私が命じられたのは、あるお屋敷での調理担当でした」

こほんと咳払《せきばら》いをしてから、言いよどむようにゆっくり話しはじめた。

「静安寺路を東に行った地区にある、広くて立派な洋館でした。あのあたり一帯は、日本軍に接収されているようでした。貿易で一儲《ひともう》けした商人の館を、日本軍が買い受けたと聞きました。その商人の趣味なのか、屋敷は徹底して洋風に造られていました」

扉の外に、かすかに人の気配がする。王はハッとして話を中断した。誰か立ち聞きしているのかもしれない。王は用心深そうに辺りを見回し、立ち上がって扉の外を確かめに行くと、すぐに戻って頭を下げた。

「人には、聞かれたくないのでね……」

額にはかすかに汗がにじむ。吉平にこんな話をするのは、危険を伴うに違いない。

本来は吉平が、鄭蘋茹の処刑直前の軟禁生活について、個人的に質問できる立場ではない。だが王は日本軍の下で働きながら、蘋茹に同情的だったらしく、吉平との面会を承諾してくれたと聞く。

千恵子のアドバイスに従って、王の一ヶ月の給与にほぼ相当するであろう金額をあらかじめ封筒に包んでおいた。それを最初に渡した方がいいのだろうか。吉平が背広の内ポケットから封筒を取り出そうとすると、王がそれをちらと見やった。ハンカチで汗をぬぐいながら、ふうとため息を吐《つ》いて、観念したように声をひそめ、ぼそぼそ話しはじめた。吉平は聞き漏らすまいと身を乗り出す。

「広々とした居間には厚い絨毯《じゅうたん》が敷きつめられ、暖炉《だんろ》には薪《まき》がくべられ、赤々と炎が燃えていました。天井には豪華なシャンデリアが吊《つ》るされ、中庭には花壇があり、もう長いこと使われていないらしい、色あせた噴水までありました……」

王は懐かしそうに目を細める。食器棚には英国製のティーセットと銀食器が揃《そろ》えられていて、実に見事なコレクションだったと感嘆してみせた。先住者の気配があちらこちらに残っているような邸で、夜更《よふ》けになると、かつてのあるじの貿易商が、暖炉の前でゆっくりブランデーグラスを傾けていそうな、不思議な気配のする家だったという。

蘋茹の終《つい》の棲家《すみか》ともなった場所が、たいそう立派な屋敷だったと知って、吉平は少なからず驚いた。

「そんな豪華な館に蘋茹は軟禁されていたんですね」

「はい。私はどんな方が住んでいるのか知らされずに、軍からの命令で奉公が決まり、お邸に出向きました。一人の若く愛らしいご婦人が、所在なげにしていました。監視役がいたので、何かの事情で軟禁されているというのはすぐ察知しました。監視役の男は、林之江《りんしこう》という名前だったと記憶しています。にこりともしない陰険な男で、常に鋭い視線を走らせていました」

王は一気にそう話すと、茶を啜《すす》って、少し考え込むしぐさをした。

「ただ軟禁とは言っても、屋敷内にいる限り、かなり自由な生活が許されていました。

夜になれば二階にある寝室に行き、清潔なベッドで、ゆっくり睡眠をとることができたはずです。監視役の男の部屋は、ご婦人の部屋の向かいにあり、深夜に妙な動きをしないか目を光らせているようでした。しかしご婦人は、妙な動きをするどころか、毎晩ぐっすり眠っていらしたようで、規則正しく起き、鏡台で身なりを整え、薄化粧を施してから、一階の応接室に降りていらっしゃいました」

いつも礼儀正しく、清潔な身なりをしていた蘋茹のことを吉平は思い出す。

「ああ、彼女らしい、蘋茹はそんな人でした」

「ええ、いつもにこやかに微笑《ほほえ》み、昨日もよく眠れましたと、礼儀正しく挨拶をなさいました。身だしなみもきちんとしていて、いつも清楚《せいそ》で、躾《しつけ》の行き届いた良家の子女という印象でした。おっとりした優雅さを少しも失わないことに、私はひそかに感心しておりました」

王は微《かす》かに頰《ほお》を染めた。この男も蘋茹に惚《ほ》れ込んでいたのかもしれない。

「自由な生活といっても、窓から中庭に出ることは、厳しく禁じられていました。ご婦人はせめて中庭を歩きたいと不満げな様子でしたが、窓を開けることも、カーテンを開けることさえ、許されなかったのです」

王は記憶をたどるかのように、しばらく目をつぶった。

「ご婦人は、レースのカーテン越しに、身じろぎもせず、時折《ときおり》外をじいっと見つめて、ため息をついておられました。春になったら、庭中さぞかしきれいに花が咲くのでしょうねと。独り言のように、誰に尋ねるでもなく、呟《つぶや》いておられました。花が咲くころ私はまだ、ここに暮らし続けているのでしょうかと。確かにはっきり聞きました。何度も自問自答していました」

王は気の毒そうに顔を曇らせる。

郊外の古い洋館に幽閉され、カーテン越しに花咲く庭を幻視し、遠く春の気配を感じていた蘋茹の姿が、吉平の眼前に甦《よみがえ》る。冬枯れのがらんとした庭を見つめ、自身の運命に怯《おび》える孤独な姿を想像すると、いたたまれない気持ちがする。

ふいに蘋茹に初めて会った時のことを思い出す。フランス租界の洒落《しゃれ》たレストランで、お礼の晩餐《ばんさん》が開かれた時のことだ。蘋茹は健啖家《けんたんか》らしく、白い歯を見せながら、八宝菜や白切鶏《バイチエジー》などを美味《おい》しそうに平らげていた。

「軟禁されながらも、彼女は元気だったのでしょうか。食欲はあったのでしょうか。王さんはどんな料理を、作ってさしあげていたのでしょうか」

吉平が尋ねると、王は料理人らしく、一瞬目を輝かせ、嬉しそうな表情をした。

「はい、食欲に衰えを見せることなく、私の作る料理を、昼も夜も残さず平らげてくれました。好き嫌いもない様子で、腕のふるい甲斐のある方でした。私は市場で新鮮な食材を選び、できる限り美味しいものを食べていただこうと腐心しました。外出できない方にとって、食事が一番の楽しみなのは明らかでしたから」

王の自信に満ちたなざしは、彼が一流の料理人である証《あかし》にも思えた。

「シイタケやタケノコのたくさん入った野菜の旨煮《うまに》、鶏肉の蒸し物、熱いスープを包んだ小籠包《ショウロンポー》などを、毎日手を替え品を替え、できる限り工夫して食卓に並べました。いかにも健康な若者らしく、食べっぷりは見事で、その様子を見ていてこちらも嬉しくなりました。明日はもっと美味しいものを作って差し上げなくてはと、そんなふうに思うようになりました」

王は遠くを見るようなまなざしをした。

「あるとき蓮根《れんこん》に米を詰め、キンモクセイの花で香りをつけた前菜をお出しすると、ことのほかお気に召してくださったようです。それからリンゴの入った上海風ポテトサラダもお好みだったようで、美味しい、美味しいと、目を細めて食べてくださいました」

ただ……と、王は少し残念そうな表情をする。

「毎日邸にとじこもり、どうしても運動不足になりがちで、少し丸みを帯びられた印象もあり、鏡を見ては少し気になさっている様子でした。年ごろの若い娘さんに、あまり栄養価の高いものばかり出してはいけないのだと、はっとしたものです」

「彼女は健啖家で、美味しいものが大好きでした。邸《やしき》に閉じ込められて、どれほど王さんの料理を楽しみにしていたことでしょう。あなたのような立派な料理人に、心のこもった料理を作っていただき、堪能できたのは、せめてもの慰《なぐさ》めです。私が言うのもおかしいですが、本当にありがとうございました」

王は嬉しいような淋《さび》しいような、照れたような、複雑な表情を見せた。それから、そういえばと、何か思い出したというしぐさをした。

「時折実家に手紙を書くのも許されていて、着るものや下着や化粧品などを持ってきて欲しいと、お母さんに頼んでいたようです」

「実家と手紙のやりとりもしていたのですね。家を出るときは、着の身着のままで出てきてしまったのでしょうから」

ええ、と王は頷《うなず》く。

「ある晩、母親を名乗る女性が、荷物を届けに来ました。その女性は娘に会わせて欲しいと何度も何度も監視役の男に懇願していましたが、ぴしゃりと断られて、泣きながら帰って行かれました。未練たっぷりに足を引きずる音が、いつまでも響いていたのが忘れられません。お気の毒でした」

王は辛《つら》そうにため息をついた。

「そうでしたか……」

華《ホアーチュイン》君の無念の姿が迫って来て、吉平も切なくなる。

「ところで王さんは、蘋茹を最後に見た日のことは覚えていますか」

吉平が尋ねると、王はいや、それが……と口ごもった。

「ある朝いつも通り市場に寄って、食材を買いこんでお邸に向かうと、今まで見たことのない大柄で強面《こわおもて》の男が玄関に待ち構えていて、この屋敷での仕事はもうないと突然言い渡されたのです。有無を言わさぬ口調でしたから、私はそれ以上何も尋ねることもできず、すごすごと引き返しました。後日、びっくりするほどの謝礼を頂きました」

王は後ろ暗そうな表情をする。

「口止め料も入っていたのでしょうか、それがかえって申し訳ないようでした。その後、ご婦人は処刑されたと、風の噂《うわさ》で聞いたのです。あんな若くて可憐なご婦人が、本当にお気の毒なことです」

王はそのまま口を噤《つぐ》んだ。二人の間にしばしの沈黙が流れた。

「変なことをお尋ねしますが、彼女が実はどこかに匿《かくま》われているというような噂を聞いたことはありませんか」

王はびっくりしたように目を見開いた。

「そんな噂があるのですか。彼女が生きていると？　いや私は、そんな話は、一度も聞いたことはありません」

ありえないという表情で、王はきっぱり否定した。

「そうでしたか、いや、変なことをお尋ねして、申し訳ありません」

吉平は少しだけ落胆した。

「その他に何か変わったこと、たとえば彼女が、脱出を謀《はか》ったようなことは、ありませんでしたか」

「脱出ですか？　ご婦人が、邸から逃げようとなさったということですか」

またしてもポカンとした表情をしたが、そういえば一度だけと、声を潜《ひそ》めた。

「この話は、あまりしたくなかったのですが」

王は気の重そうな顔をする。

「どんな些細《ささい》な情報でも良いんです。絶対に他言はしませんから、聞かせてください」

王は逡巡《しゅんじゅん》するように天井を見つめ、頭を掻《か》いた。吉平は再び背広の内ポケットから封を出そうとした。王はそれを一瞥《いちべつ》すると、腕組みをして考え込んだ。

「そこまで仰《おっしゃ》るなら、仕方ないですね」

少し恩着せがましく、渋々《しぶしぶ》という感じで語りはじめた。

「ある夜、夕食の片づけをして、台所で食器洗いをしておりました。すると応接間から、いつもとは違う、ただならぬ気配を感じたのです。ついちらちらのぞき見てしまいました」

「そういうお話こそ、聞きたかったんです」

吉平が目を輝かすと、王はそれを諌《いさ》めるように肩をすくめて見せた。

「ご婦人は窓際に立ち、夜の庭を、見るともなしに眺めていらっしゃいました。それはいつものことだったのですが」

王は躊躇《ためら》いがちに、ぼそぼそと呟《つぶや》いた。

「監視役の男が少し離れた場所に立ち、ご婦人のしなやかな手足や、なだらかな曲線に、見とれているように見受けました。ご婦人は後ろ姿も、うっとりするほど美しい方でしたからね……。彼の視線に気づいたのか、ふいに振り向いたのです」

「振り向いて、何を言ったのですか」

「私と一緒に逃げましょう。貴方《あなた》となら、地の果てまで逃げて行ける。そこで二人で暮らすのよ——。ご婦人はそんなふうなことを言いました。伏し目がちの眼差しを、いきなり大きく見開いて、すがるような眼差しを送ったのです」

王はしばらく目をつむり黙った。記憶を手繰《たぐ》るようにして、再びゆっくり口を開いた。

「父の国と母の国の狭間《はざま》に立たされ、自分には安らげる場所が無かった。祖国のために尽くして、誰にも後ろ指を差されない本当の中国人になりたかった。そして愛する人と二人、静かな場所で、ひっそり暮らしたかった。それが長年の夢だったと。声をふりしぼるように仰《おっしゃ》いました。ふだんは気丈にふるまっていましたが、この時だけは今にも消え入りそうな佇《たたず》まいで、必死にすがっているように見えました」

吉平は蘋茹の様子を想像しながら、息を凝らして聞き入った。

「そ、それで、どうなったのです」

「同胞同士で争うなんて愚かなことだ、あなたに出会った時、運命を感じたの、そう言うと一歩ずつ男に近づいて行ったのです。潤《うる》んだ瞳には熱が籠《こも》り、身体からは炎が燃え立つように見えました。いつもの清楚な姿とは別人のようで、文字通り、全身全霊を賭《と》して、生き残るために、なりふり構わず訴えかけているように見えました」

王はぶるりと身震いをしながら続けた。

「何というのか、あの世とこの世のあわいに立つような霊気とでも言いましょうか、そんな凄《すご》みすら漂わせていました……。神の使いと崇《あが》められる白蛇をご存じですか。その白蛇を、私は思わず連想してしまったほどです」

「白蛇……」

蘋茹を白蛇に喩《たと》える人がいるのは聞いたことがある。それは吉平の知る姿からは想像のつかないものだった。

「お願い、私を連れて逃げて、一緒に逃げましょうよと。ご婦人は、一語一語区切って、やけにゆっくりと、はっきり言いました。赤い唇が濡《ぬ》れたように光っていました。瞳が燃えるような輝きを放っていました。監視役の男が、少しずつ、少しずつ、まるで吸い寄せられるようにして、ご婦人の方に近づいて行ったのです」

王はぶるりと身体をふるわせる。少し大げさな表情をして見せた。

「異様な気配に、鳥肌が立ちました。思わず、食器を落としてしまいました。するとお二人がこちらを向かれて……。監視役の男は、夢から覚めたように、ハッとした表情をしました。狼狽《ろうばい》したようにご婦人から目を背け、あわてて部屋を出て行きました」

王は唇を噛《か》む。

「あの時、私が、食器を落とさなければ、どうなっていただろうと、未《いま》だに思うことがあるのです」

柱時計が再び低く鳴った。扉の外から、王を呼ぶ甲高《かんだか》い女の声がした。王は腕時計を見て、少し慌《あわ》てた様子だった。

「すみません、つい話に夢中になってしまいました。そろそろ戻らなくては。余計なことまで口走ってしまって」

王は吉平の顔を窺《うかが》うような仕草《しぐさ》をした。思いがけず時間がたっていた。

「こんなお話で、良かったのでしょうか。ご満足いただけたでしょうか」

長く引き留めてしまったことに、吉平はひどく恐縮していた。

「踏み込んだ話まで聞かせていただき、ありがとうございました。何と御礼を申し上げて良いかわかりません」

ようやく終わったかとホッとした表情で、王は苦笑いを浮かべる。吉平は封筒を取り出すとあらためて頭を下げた。

「少しばかりですが。ささやかな御礼の気持ちです」

一瞬ためらうしぐさをしたが、封の厚みを確かめてから、さっと上着のポケットにしまいこんだ。

「今度は奥様と店に食べにいらしてください。私が腕をふるって、とっておきの料理をふるまいますよ」

上機嫌になった王が、急に気前の良いことを言う。

千恵子は吉平と夫婦だと名乗っているのだろう。その方が確かに都合が良いのかもしれない。今度は吉平が苦笑いを浮かべる番だった。王が握手を求めてきた。吉平は王の手を強く握り返す。肉付きの良い温かい掌《てのひら》だった。

「必ず二人で食べにまいります。王さんの料理を、楽しみにしています」

店の入口まで王は吉平を見送ってくれた。蘋茄の最期《さいご》の日々を見届けた人と思えば、妙に名残惜《なごりお》しく、立ち去りがたく感じられた。

別れ際に王が、吉平の耳元にふいに近づき囁《ささや》いた。

「あの女は魔物かもしれない。それにもう死んだ人です。早くお忘れになった方がいい」

そしてにやりと意味ありげな笑みを浮かべた。

「ここは上海です。何でもありですよ。お気をつけなさい」

王は突き放すように続ける。

「あまり深入りすると、あなたも私も黄浦江《こうほこう》に浮かぶことになる。これ以上、関わりあいになるのはごめんですよ」

豹変したような冷淡な口ぶりに、何と答えていいのかぼんやりしていると、王はいつのまにか姿を消した。夕闇がすでに街全体を、色濃く覆いはじめていた。老上海餐庁の赤い提灯《ちょうちん》に次々灯《ひ》がともって行く。薄明に浮かぶ提灯は影絵のようで、吉平はしばらく見とれていた。

そのとき空中に火花が舞った。同時に破裂音がして、周囲がぼうっと赤くなった。誰かが甲高く叫ぶ声がする。光の筋がしゅるしゅると音を立てて閃《ひらめ》いた。埃《ほこり》が舞い上がり火薬の匂いがした。

こんな時間に花火だろうか。吉平が訝《いぶか》しく感じていると、ドンという鈍い地鳴りのような音が、足元で鳴り響いた。

手榴弾《しゅりゅうだん》だ。吉平はようやく気づき、老上海餐庁から少し離れて身を伏せた。やられた、狙われたのだ。

一階部分から勢いよく火の手が上がった。硫黄《いおう》のような、炭のような匂いが辺りに充満している。客や従業員たちが次々外に出て来た。皆が青ざめ、泣き叫んでいる。苦しそうに咳《せ》き込んでいる人もいる。

「日本軍にやられた！」

「テロだ」

怒号が飛び交い、辺《あた》りは騒然となった。近隣の人だろうか、幾人かが水の入ったバケツを運び、必死に火消しをしている。

ブラウスの袖《そで》に火がついた女性が、悲鳴を上げながら飛び出てきた。さっき部屋に案内してくれた若い従業員だ。黒髪の先が焦《こ》げて、チリチリになっている。がっちりした体格の男性従業員が、テーブルクロスのような大きな布で女のブラウスを必死にはたいている。辛《かろ》うじて袖の火は消えたものの、女は泣きながらその場に倒れこんだ。

二階のベランダでは、口にタオルを当てた数人の女性客が「助けて」と叫んでいる。既に煙が充満しているようだ。

上着に火がつき、髪を焦がした王が、店から転がり出てくるのを吉平の目の端《はし》がとらえた。

「ウォーッ」

王は獣のような咆哮《ほうこう》をあげ、身体を激しく震わせている。物静かな佇まいで、ぼそぼそと話していた王と、同じ人物と思えない。男性従業員が、王に向かってバケツの水を勢いよくぶちまけた。王は再び低く呻《うめ》くと、膝《ひざ》からくずおれた。

「王さん、だ、大丈夫ですか」

吉平が慌《あわ》てて王に駆け寄ろうとすると、見知らぬ人物に強く腕をつかまれた。ふりほどこうとすると、ものすごい形相で睨《にら》まれた。

「何やってんだ、バカ野郎、ここから離れろ」

パンパンという音がして、隣のビルからも火の手が上がる。

「危ない！　逃げろ」

皆が口々に叫んでいる。

なおも王に近づこうとすると、強い力で突き飛ばされた。

「どけ！　邪魔だ」

吉平は通りの向こうに押しやられ、尻餅《しりもち》をついた。二階のベランダから、女性客が柵《さく》を越えて飛び降りようとしていた。花柄のスカートがひらりと舞ったかと思うと、どすんという音がした。

「きゃあ」

甲高い悲鳴が上がった。続いてまた一人、女が飛び降りた。

南京路のあちこちから大勢の野次馬が押し寄せて来て、老上海餐厅を囲んでいる。もう建物に近づくことはできない。

いったいなぜ、こんなことに……。吉平はあっけにとられて立ちすくんだ。

吉平が王に面会を求めたのがいけなかったのか。館での蘋茹の最期《さいご》の様子を、少しばかり尋ねたかっただけなのに。

次々上がる炎を、吉平はなすすべもなく見つめていた。

第四章　路地裏のタンゴ

一九四一年十一月

「あなたのせいじゃ、ないわ」

悄然《しょうぜん》として逃げ帰った吉平に向かって、千恵子がなだめるように言う。

「老上海餐庁《ツァンティン》は、抗日の拠点の一つとして、目をつけられていたのよ。決してあなたと王さんが、狙いうちされたわけではないわ……」

本当にそうだろうか。王が話しはじめる前に、人の気配がしたのを微《かす》かに思い出す。今となっては、立ち聞きされていたのだと思えてならない。

「重傷者が多数出たけれど、今のところ死者は出ていない。王さんも一命はとりとめたようね」

大火傷《おおやけど》を負ったけれど、処置が早く、何とか助かりそうだという。それを聞いて吉平は心の底からほっとした。

「店は辛《かろ》うじて全焼をまぬがれたみたい。でも調理場が燃えてしまったから、もう営業は無理でしょうね、残念だわ」

せめてもの詫《わ》びに、見舞いに行きたいと言うと、千恵子にきつく叱責《しっせき》された。

「吉平さんは本当に甘い。王さんをもう一度、危うい目に遭わせようとするの？　あなたはあの日、一人で遅い昼食を食べに行っただけなの。王さんと面識などないのよ。忘れるしかないわ。命が助かったのをありがたいと思わなくちゃ」

そして吉平を鋭く睨《にら》みつけた。

「ここは上海よ。何でもありなのよ。いいかげん、思い知りなさい」

王に同じことを言われたのを思い出す。確かに千恵子の言う通りだ。母親に叱《しか》られた子どものように、返す言葉もなくうなだれた。

「それより吉平さん宛《あて》に手紙が届いていたわ。何か役立つ情報ではないのかしら」

そう言って千恵子は薄い封書をひらひらとかざして見せる。吉平が奪い取るようにして封書の裏を見た。田島という男の名が記されていた。

田島は吉平と同様に、かつて上海で和平工作に関わり、逮捕を免《まぬか》れ日本に帰国した人物だ。気さくな良い奴で、東京で再会した折に、蘋茹《ピンルー》の処刑についてひとしきり話をした。上海で住まいが定まったなら、必ず連絡すると約束した。千恵子のアパートに腰を据《す》えてから、真っ先に田島に電報で住所を知らせた。これは待ちわびていた手紙だった。

慌《あわ》てて封を切ると、検閲《けんえつ》を恐れてか、田島の文面は極めて短く、冒頭に小さく店名が書かれていた。

――この店で週末にジャズやタンゴの演奏が催されます。実に素晴らしい演奏です。必ず聴きに行ってください。店主に伝えておきます。

それだけの文面で何のことやら分からず、吉平はしばらく考え込んだ。その様子に千恵子が気づき、手紙を覗《のぞ》き込んできたが、吉平としても千恵子に頼るしかないので、されるがままに任せることにした。

「ふうん……聞いたことない店だけど」

店名をメモしながら千恵子は独り言のように呟《つぶや》いた。

「調べてみるわ」

さすがに具体的なあてがあるわけではなさそうだが、海軍武官事務所にも、密《ひそ》かに和平を望む人物がいるらしく、どうやらその筋から情報を得ているようだ。千恵子としては、蘋茹の問題に一刻も早くけりをつけたいという焦《あせ》りもあるのだろう、危険な橋を渡ってでも、吉平のために情報を集めてくれているのだ。今回も千恵子の情報にすがるしかなさそうだった。

「とんでもない大物にたどり着けるかも知れないわよ」

千恵子が声を弾ませて帰宅したのは三日後のことだった。

「この店はCC団の陳宝驊《ちんほうか》の行きつけの店だったそうよ」

「陳宝驊？　CC団だって……まさか」

吉平は千恵子の勢いに気圧《けお》され、思わず大声を上げた。千恵子は頰《ほお》を上気させ、得意げな表情をしている。

CC団とは国民党内の党派で、おもに諜報《ちょうほう》活動で力をふるってきた派閥として知られる。もともとは、陳果夫《ちんかふ》・陳立夫《ちんりつふ》という兄弟が、蔣介石《しょうかいせき》を支援するために上海で結成した秘密結社だ。

「そうよ。国民党中央執行委員会調査統計局の局員で、上海地区のCC団の責任者の一人の陳宝驊。CC団総帥・陳立夫とは、異母兄弟という間柄よ。しかも……」

千恵子は少しもったいぶるように、咳《せき》ばらいをしてから小声で続けた。

「蘋茹の資質を見込んで彼女をCC団にスカウトしたのが陳宝驊で、黙邨《もくそん》暗殺の指令を伝えたのも、どうやら彼らしい……彼女の処刑を知って、激しく後悔していたとも聞いたわ」

そこまで言うと千恵子は急に神妙な顔つきになった。

「店主は宝驊と幼なじみだそうよ。蘋茹をスカウトした時のいきさつも、よく知っているはず。話を聞きに行く価値はあると思うわ」

呆然としている吉平に向かって、千恵子は励ますように囁《ささや》いた。

「後はあなたの腕次第ね。がんばって」

気のせいか、少し淋《さび》しそうな笑みを浮かべている。

「本当に助かる。恩に着るよ」

少し大げさなくらいに礼を言うと、千恵子は勝気そうな顔をフンとばかりに横に向けた。意地っ張りな千恵子がいつになくいじらしく、愛《いと》おしく思えてきた。

「ただし、お金は必要ね、料理人に渡した金額の、倍は用意しないと……」

千恵子はそう言い添えるのも忘れなかった。

＊

四川北路《しせんほくろ》から一つ路地を入ったところにある隠《かく》れ家《が》じみたバーの扉を押し開けると、鈍く軋《きし》んだ音がした。El destinoという店名は、スペイン語で「宿命」を意味するそうだ。

薄暗い店内に恐る恐る入ると、ステージから離れた奥まった席に腰かけた。すかさず目つきの悪い店員が、肩を聳《そび》やかして近寄って来た。日本人と気づかれ、怪しまれたのだろうか。悪名高い大日本帝国陸軍の関係者と思われたのかもしれない。吉平はあわててウイスキーの水割りとつまみを、中国語でオーダーをした。店員の表情がほんの少し緩《ゆる》んだ。

チーズとナッツ、水割りがすぐ丸テーブルに運ばれてきた。やけに濃い水割りだった。

上海にダンスホールは星の数ほどあるが、この店は音楽をじっくり聴きたい人のための店らしい。週末にジャズの演奏が行われているという。月に一度はタンゴの演奏が披露されるとも聞いていた。

今夜はたまたまタンゴの演奏日のようで、ヴァイオリニスト、ピアニスト、ギタリストの他に、左右対称の蛇腹《じゃばら》楽器・バンドネオンを抱えた小柄な奏者が、ステージ中心に陣取っている。タンゴを生演奏で聴くのは初めてだが、濃い水割りをちびちびなめながら、まずは演奏に耳を傾けることにした。

長身の東洋人ヴァイオリニストは、肉体そのものが楽器になったかのように身体《からだ》を大きくしならせた。隣に座るバンドネオン奏者は、軽快に膝を揺らしながら蛇腹を大きく引き、ボタンに指をすべらせる。

バンドネオンは演奏がたいそう難しい楽器と聞くが、奏者はさも愉快そうに、滑《なめ》らかに指を動かす。対照的なのがヴァイオリニストで、白く透き通った肌に拷問《ごうもん》にあったかのような苦悶《くもん》の表情を浮かべている。そのどこかしらマゾヒスティックで官能的な様子にそそられ、吉平は舞台から目が離せない。

演奏者の迫力ある動きに見とれながら、タンゴに耳を傾けていると、どうやら最初のステージが終わったらしい。演奏者たちがステージから降り、舞台裏へと去って行く。息を詰めて聞き入っていた吉平は、ふうと大きく息を吐いて、あらためて店の中を見回した。

白髪とも銀髪ともつかない独特の毛の色をして、眼鏡をかけた背の高い男が、斜め前方に座っていた。話している言葉からして、ロシア人のようだ。連れているのは金髪碧眼《へきがん》の華奢《きゃしゃ》な美女で、さっきからずっと、長い指を男の掌《てのひら》に這《は》わせている。自分のグラスが空になると、男の水割りに指を突っ込み、美味《おい》しそうに舐《な》めている。爪《つめ》には口紅と同色の、深みのあるローズが塗られていた。男にしなだれかかる様子から見て、高級娼婦《しょうふ》なのかもしれない。

ロシア革命以来、上海には多くのロシア人たちがなだれ込んできている。

眼鏡をかけた長身の男は、焦点《しょうてん》のさだまらない目つきで、ふらふらと不安定に身体を動かし、まるでアヘン中毒者のようだが、身に着けているいかにも高級そうな服や靴からして、成功したロシア人の一人なのだろう。

そういえば、鄭《テン》家の向かい側にも、宝石商として財をなしたロシア人一家が住んでいた。万宜坊《まんぎほう》にはロシア人富裕層子女向けの幼稚園もあるとも聞く。

だが上海で成功するロシア人はごく一握りで、多くのロシア人は貧困にあえいでいる。特に女たちは、言葉の通じない上海で職探しに困り、ダンサーになったり、キャバレー勤めをする者が多いようだ。娼婦に身を落とす者も少なくないと聞く。この金髪の女もそうなのだろうか。

吉平が女の美貌に見惚《みと》れていると、女が視線に気づいたのか、ふいにこちらを見つめ、挑発的なまなざしを送って来た。女の鋭い視線と吉平の虚《うつ》ろな視線が絡み合う。男もそれに気づいたのか、意味ありげな笑みを浮かべて、こちらをまじまじ見つめている。女の赤い唇が微《かす》かに動いた。

——次はあなたを相手にしてあげる。ただし安くないわよ。

ロシア語はわからないが、まるでそんなふうに誘っているようだ。

「タンゴはお好きですか」

背後からふいにはっきりした発音の日本語が聞こえてぎょっとした。ふり返ると細身で目鼻立ちの整った東洋人の男が、穏やかな笑みを浮かべて立っていた。

「ようこそいらっしゃいました。花野さん、ですね。店主の潘《はん》と申します」

そう言うと男は吉平に軽く会釈《えしゃく》をした。

「お隣に座って宜《よろ》しいですか」

「どうぞ、どうぞ」

潘と名乗る男が腰を下ろすと、先ほどの目つきの悪い店員が素早くやってきて、トマトジュースらしい飲み物をテーブルに置いた。まるで店主の用心棒か何かのような恭《うやうや》しさだ。

「私はアルコールが飲めないので。失礼して頂きます」

そういうと、潘と名乗る男は、トマトジュースを一気に喉《のど》に流し込んだ。すぐに飲み干すと、次の一杯が即座に運ばれて来た。

これが田島の知り合いで、陳宝驊の幼なじみという人物なのだろうか。年の頃は三十代後半くらいだろうか、吉平が思っていたよりずっと若々しい印象だ。端整で華《はな》のある顔立ちで、しかも日本語が非常に流暢《りゅうちょう》だ。

料理人の王の日本語も澱《よど》みなかったが、かすかになまりがあった。潘の話す日本語は更《さら》になめらかで聞きやすい。いったいどういう人物なのだろう。あれこれ思いをめぐらせていると、それを見透かしたように潘が口を開いた。

「実は……私の母も、日本人でした。貿易商の父が、長崎で母を見初《みそ》めたらしい。母は猛反対を押し切って上海にやってきました」

「それで日本語がそんなにお上手なんですね。お母様はご健在ですか」

「いいえ、早くに亡くなりました。金回りの良い父は、何人も若い愛人を作りました。いや、正確に言えば、母も愛人の一人でした。母は中国語が苦手で、家でもずっと日本語を話していました。友達もできず、孤独で、私だけを溺愛《できあい》して。私が学校の寮に入っている間にアヘン中毒になり、見る影もなく老いさらばえ、亡くなりました」

「アヘン中毒……そうでしたか、いや、失礼しました」

吉平が焦《あせ》って詫《わ》びると、いえいえと苦笑いを浮かべた。

「私は母にそっくりでして。お前を見るとあいつを思い出すと言われて、父にまで疎《うと》まれました。音楽が好きだったので、この店の開店資金は出してもらいましたが、それ以来、親子の縁も切られました。天涯孤独の身の上です」

潘は遠いところを見るまなざしをした。

「ところで花野さん、タンゴはお気に召しましたか」

「お恥ずかしいのですが、タンゴという音楽の生演奏を聴くのは今日が初めてです。力強い演奏に圧倒されていたところです。バンドネオンの音色も実に素晴らしいですね」

そうでしょうと、潘は目を輝かせて頷《うなず》く。

「十九世紀末、ラプラタ川の流れるブエノスアイレスの港町で、荒くれ男たちが娼婦を見定めるために、夜ごとダンスに興じていたそうです。哀愁に満ちたメロディーが、ノスタルジーを誘うと評判になって。それがタンゴの発祥と言われているんですよ」

「娼婦との肌合いを確かめるための音楽でしたか、それは知らなかった……」

斜め前に座っているロシア人カップルのことを、つい連想してしまう。彼らも肌合いを確かめるためにこの店にやってきたのか。だが眼鏡の男は、酔いつぶれたのかテーブルに突っ伏して眠りこけ、金髪の女は退屈そうにぼんやり虚空《こくう》を見つめ、タバコをふかしていた。

吉平の視線に気づいて、潘も斜め前のテーブルをちらと一瞥《いちべつ》した。

「あの男はロシアからの亡命者でしてね。伯爵家出身の妻の人脈を利用して、ロシア貴族たちから宝石を高く買い取り、南京路に店を開いたのです。そうしたら、それが当たって。今では大金持ちですよ。亡命貴族からは、命の恩人のように讃《たた》えられているようですが。なあに、実は、大した商売人なんですよ。というより、半ば詐欺師《さぎし》です。毎回違う女を連れて来ます」

同情とも軽蔑《けいべつ》ともつかぬ視線で、潘は男を見やった。

「上得意さんなんで、悪くは言えませんがね」

潘の口調は投げやりで、ぞっとするほど冷たい。

「そうそう、タンゴの話の途中でしたね。失礼しました。タンゴは大西洋を渡り、パリへたどり着いたんです。哀愁を帯びた美しいメロディーは、フランスやドイツでも、またたく間に大評判となりました。はぎれよいテンポも歓迎され、ヨーロッパで独自のタンゴが生み出されていきました。ブエノスアイレスで奏でられるタンゴとは区別して、コンチネンタル・タンゴと呼ばれるようになりました」

「ああ、コンチネンタル・タンゴ……名前は知っています。ジェラシーという曲をラジオで聞いたことがあります。欧米で大ヒットしたんですよね」

「そうです、今ではパリやベルリンのどこかで、毎夜必ずタンゴが演奏されているといいます。場末の酒場で演奏されていたいかがわしい音楽が、世界中の大衆の心をつかんだんです」

潘は少年のように瞳を輝かせる。

「私はタンゴをこの上海でも流行《はや》らせたいのですよ。ジャズは上海でも大流行しましたが、タンゴはまだまだです。魔都と呼ばれるこのいかがわしい上海に、タンゴほどぴったりな音楽はないと。花野さん、あなたもそうは思いませんか」

「ああ、確かに。上海にはタンゴがよく似合いますね」

吉平が大きく頷《うなず》くと、潘は嬉しそうに頬を染めた。

タンゴ語りはなかなか終わりそうにない。吉平は次第に不安になって来た。田島からの話は、本当に通じているのだろうか。

濃い水割りを飲み干すと、すぐに次の一杯が運ばれて来る。水割りはその度に濃くなっていく。吉平を酔いつぶして、けむに巻こうという魂胆《こんたん》ではないだろうか。業《ごう》を煮《に》やした吉平は、少しはったりをかけてやろうと思いついた。

「あんたのことは、田島から、よーく、聞いてるよ……」

すべてわかっているぞ、と言わんばかりの表情で仄《ほの》めかすと、案の定、潘の表情がさっと変わった。当てずっぽうだったが、もう一押ししてみよう。

「あんた、ずいぶん世話になったそうじゃないか、聞いているよ」

そう凄《すご》んで見せると、潘は口の端《はし》を上げてにやりと薄笑いを浮かべた。テーブルに手を突いて勢いよく立ち上がり、しばらくしてトマトジュースのグラスを片手に持って現れると、席に着いて吉平の顔をまじまじと見つめた。

「あの日から、宝驊はぷっつりと店に来なくなりました……。鄭蘋茹《テンピンルー》が処刑されたあの日を境に」

唐突な言葉に、吉平は思わずむせそうになる。声色まで変わり、吉平に顔を寄せて、低く囁《ささや》くように語り始めた。

「丁黙邨《ていもくそん》に近づけと指令を出したのは彼です。そもそもCC団に蘋茹さんを誘ったのも彼、陳宝驊です」

その口ぶりはすべてを了解して交渉のテーブルについた商売人のようだった。

「盧溝橋《ろこうきょう》事件の起きた夏のことです。人気雑誌『良友』の表紙を、鄭蘋茹が大きく飾りました。私もよく記憶しています。確かに印象的な写真でした」

北京郊外の盧溝橋という歴史ある橋の上で、日本軍と中国軍が衝突を起こした。盧溝橋というのは、金王朝のときに架けられた美しい石橋で、マルコポーロも訪れたと言われている。

一九二七年以来、国民政府率いる国民革命軍と中国共産党率いる紅軍の間で、激しい内戦が繰り広げられていたが、盧溝橋事件とそれに続く第二次上海事変で、日本軍との軍事衝突の矢面《やおもて》に立たされた国民政府は、共産党と協力関係を結び、共に日本軍に対峙《たいじ》するようになっている。

『良友』という雑誌は、英語名をヤング・コンパニオンといい、一九二六年に創刊された。国際都市・上海を意識した新感覚の雑誌で、発売と同時に売り切れる号が出るほど、大変な人気を博していた。主な記事は英語と中国語で併記されてあった。この雑誌の売り物の一つは、表紙を飾る女たちのポートレートだった。編集部は、人気若手女優や歌手、スポーツ選手、それに名家の令嬢など、各界の名花を選んで表紙にしていた。

表紙の写真掲載に当たっては、特に制限は設けられていないらしく、話題性や写真の出来栄えで採用が決められたという。

一般読者からの応募も歓迎していて、積極的な上海女性たちを魅了した。自己PRのチャンスとばかりに、自薦他薦《じせんたせん》合わせて、多数の応募者が殺到していたらしい。表紙を飾る女性の名前や来歴、出自は、原則として公表されるのが普通だった。

「それなのに何故か、この号の表紙を飾った女性については、鄭女士と記されているだけでした。他には何の説明もありませんでした。満開の花のように溌剌《はつらつ》としたこの女が一体何者なのか。誰の娘で、何をしている人物なのか。一行も記されていないのが、かえって謎めいていて臆測《おくそく》を呼び、人々の興味をかきたてました」

盧溝橋事件の起きた一九三七年――。その年の秋に、吉平は上海陸軍特務部に勤め始めた。そして鄭一家と親交を深めるようになった。蘋茹が表紙を飾ったこの雑誌も、鄭家の応接間で見た記憶がある。

「もっとも国民党関係者内では、蘋茹はすでによく知られた存在でした。彼は蘋茹の名前も、父親の役職も、容貌も、とうに知ってはいたはずです。表紙写真によって、彼女の存在がなおいっそう強く、深く、印象づけられたのは間違いないです」

鎌《かま》をかけたのは吉平だったが、田島とどういう関係なのか、実はまったく知らない。そもそもなぜこの男は、こんなことまで知っているのだろう。陳宝驊とはどういう関係なのか。この男もCC団の一員なのか……。

吉平が何か尋ねようとすると、潘はさりげなくそれを拒んだ。無言の圧力を感じてそれ以上、口を挟むことができなかった。濃い水割りが回ったのか、吉平の頭は次第にぼんやりとして目もかすんできた。

「良友が発売されて一ヶ月半ほどたったある日のことです。ジンジャンホテルのボールルームで、宝驊の旧友の出版記念パーティが開かれました。男女合わせて百人ほどの出席者で賑わう、実に華やかなパーティでした。私もそこに居合わせたのですが」

潘はもったいぶるように咳《せき》ばらいをしてから話を続けた。

赤や青の鮮やかなチャイナドレス、黒のシックなカクテルドレス、華やかな振袖《ふりそで》に身を包んだ日本女性の姿も。女たちの香水と男たちの葉巻の匂いで、ホールはむせ返るようだった……。

華やかなパーティの様子は、まるで映画の一場面のようだ。朦朧《もうろう》とする意識を何とか保とうと、吉平は両腕で身体を支えながら、必死に耳を傾けた。

「どうしても外せない用事があったらしく、宝驊は十五分ほど遅れて会場に到着しました。ボーイからワイングラスを受け取ると、目の端に青いチャイナドレスに身を包んだ女を発見したのです。ぴんと背筋を伸ばし、チャイナドレスから細くしなやかな脚を見せ、薄手の絹の上衣をまとい、その人は微笑《ほほえ》みながら佇《たたず》んでいました」

その夜のドラマチックなできごとを、潘は陶然《とうぜん》として話し続ける。何かに憑《と》りつかれてでもいるかのようだ。

「右手には飲み物の入ったグラスを持ち、左手に銀色の小さなバッグを持って、年長の友人らしき女性に声をかけられ、その人は鈴のように軽やかな高い笑い声を立てていました。黒目がちの大きな目、輪郭のはっきりした厚い唇、ウェーブのかかった豊かな黒髪。間違いない、鄭蘋茹だ。何という偶然だろう。宝驊は目を見張ったのです。二人の様子を、私は少し離れたところから眺めていました」

そうか、こうして、蘋茹は見出《みいだ》されてしまったのか……。吉平はため息をつく。強烈な眠気に襲われて、何度も椅子から転げ落ちそうになった。ざわめきが遠のき、潘の顔もぼんやり滲《にじ》んでいく。

熱っぽい一人語りをふいにやめて、潘は怒りをこめたまなざしを吉平に向けた。

「父の祖国と母の祖国に切り裂かれる思いが、あなたにわかりますか」

急に大きな声を出されてびくっとなった。そうだ、この男の母親も日本人だった。似たような身の上の蘋茹に、思い入れも強いはずだ。彼もCC団の一員であるのは間違いない。だが、なぜこの男は、ここまで詳しく事情を知っているのだろう。

潘はそれきり沈痛な面持ちで黙ってしまった。おそらくもっと重要な事実を知っているのだろう。もう一押しするしかない。吉平は用意してあった現金入り封筒を、おもむろに取り出して机の上に置いた。Ｆから渡された軍資金の大半を使ってしまうことになるが、致し方ない……。潘は吉平の顔をねめつけるようにしながら封筒に手を伸ばし、素早くそれをズボンのポケットにしまった。そして不機嫌な表情のまま、のらりくらりと語り始めた。

「約二年の歳月がたった頃、宝驊のもとに一本の電話が入りました。鄭蘋茹の任務が正式に決まったと。標的は丁默邨《ていもくそん》。ジェスフィールド76で主任を務める丁默邨に近づき、情報を盗み出す。彼をおびき出し、別の仲間が彼を暗殺するという指令でした。默邨について、宝驊も当然ながら知りすぎるほどよく知っていました」

潘は出し惜しみするようにふうとため息を漏らし、トマトジュースを美味しそうに飲んで見せた。

「何しろ默邨はついこの間までのCC団の味方で、組織の大物でしたからね。ありとあらゆる特工戦術を身につけた、いわばプロ中のプロの工作員です。その彼があろうことか、日本軍によって創設された対重慶特務工作機関ジェスフィールド76号主任となり、死刑執行命令から釈放まで、文字通り生殺与奪の権を一手に握るようになったのです。疑い深く、決して人を信用せず、とてつもなく用心深い。これほど恐ろしい人物はいません。丁默邨から情報を引き出すのは、困難を極めるはず……宝驊は背筋が凍る思いで、受話器を持ったまま絶句したそうです」

宝驊の思いは当然だろう。話を聞いている吉平も、鼓動が激しく、息苦しくなる。だがなぜ宝驊は、予想しなかったのだろうか、このような結末になるということを。

吉平の思いを見透かすように、潘が早口で答えた。

「宝驊は慌《あわ》てて尋ねたそうです。任務が完遂されたら、彼女はどうなるのか、もし失敗したなら、彼女にはどんな運命が待ち受けているのか。先方に気づかれた時のことも、想定しているのかと。矢継ぎ早にそう尋ねたようです。もし成功したとしても、黙邨を暗殺しようとした女を、ジェスフィールドが放置して置くはずはないからです」

「で、相手はいったい、何と答えたんですか？」

吉平も思わず身を乗り出していた。

「宝驊の語気の強さに驚いたのか、電話口の男は一瞬黙り、しばしの沈黙の後、気まずそうに告白したらしい。任務遂行後の対応に関しては、何も聞いていませんと。正直に白状したようです。宝驊は怒りのあまり、そのまま受話器を置いたらしい……」

要するに蘋茹は使い捨てに過ぎなかった。組織は彼女を仲間と見なしていなかった。

失敗した時のかくまい方も、成功した時の逃がし方も、少しも考えてはいなかったのだ。

彼女の美貌を利用して、丁黙邨に近づかせる。黙邨の愛人に仕立てて、情報を取り、最終的には彼を暗殺させる。必要なのは彼女の美貌と肢体だけで、彼女の人格など微《み》塵《じん》も尊重してはいなかったのだろう。蘋茹が捕まり拷問に遭おうと、なぶり殺しにされようと、組織は一切関心なく、知ったことではないのだ。

「おそらく組織は鄭蘋茹のことを、色仕掛けのロボットくらいにしか考えていなかったのでしょう。血の通った人間であることなど、思い浮かべもしなかったに違いありません。けれどそんな無慈悲な組織に引きずり込んだのは、宝驊に他ならなかったのです。たとえ彼が兄に懇願したところで、この計画が撤回されることは絶対にない。それは宝驊が一番よく知っていました」

潘は再びトマトジュースを口にするとしばらく黙った。

それにしてもこの男はいったい何者なのだろう。吉平の疑念はいっそう膨らんでいく。もしや彼こそが、陳宝驊その人なのではあるまいか……。それなら辻褄《つじつま》が合う。そうか、そうだったのか。重い頭を必死に持ち上げ、訝《いぶか》しげな視線を投げかけると、潘はさえぎるように言う。

「鄭蘋茹が処刑されてから、宝驊は店に現れなくなりました。店どころか、上海から姿を消したんです。生きているのかどうかすらわからない」

そう言うと悔しそうに唇を噛《か》む。

「黙邨は暗殺こそ免《まぬか》れたけれど、愛人の女スパイに殺されかかったとタブロイド紙に面白おかしく書き立てられ、組織での立場を失いました。忠実な部下は次々離れていきました。黙邨は結果的にジェスフィールドに居場所をなくしたのです」

潘は皮肉めいた笑みを浮かべる。

「あんたは、いったい……」

吉平が尋ねようとしたとき、ドラマチックな演奏が再び店に響き渡った。はっと我に返り、舞台を見つめた。ヴァイオリニストが大きく上体をそらして弓を引き、バンドネオン奏者は気持ちよさそうに身体《からだ》を揺すっている。セカンド・ステージが始まったようだ。一曲目は世界中で大ヒットしたコンチネンタル・タンゴの名曲「ジェラシー」だった。

心かきむしられる嫉妬《しっと》に苦しむ女の姿を表していて見事だと、欧州各地で評判になった……ラジオでアナウンサーが解説していたのを吉平はふいに思い出す。入口近くの席には、いつの間に入店したのか、アジア系の二組の中年男女が座って、熱心に演奏に耳を傾けている。

曲は後半になると、一転して華やかな明るい調子になった。ヴァイオリニストが、軽快なメロディーを、愉快そうに奏《かな》でている。入口近くの男女は、笑みを浮かべながら、小気味よいリズムに合わせて、陽気に身体を揺らしている。ロシア人男性は相変わらずテーブルに突っ伏して眠りこけ、女だけが虚《うつ》ろな表情で演奏を聴いていた。灰皿にはタバコの吸い殻《がら》があふれている。

隣席の潘を見ると、今までとは別人のような穏やかな表情になり、うっとり演奏に耳を傾けている。だが吉平の心は晴れない。

丁默邨のような卑劣《ひれつ》な男に身を挺《てい》して、命をかけて罠《わな》を仕掛けた蘋茹が不憫《ふびん》でならない。ホテルの部屋のシーツの上で、默邨にくみしかれ、長い脚を広げる蘋茹を思えば、錐《きり》で胸を刺し貫かれるような思いだ。これは紛《まぎ》れもなく、男としての嫉妬だ。醜《みにく》いジェラシーだ。それに気づいてはいるが、恥ずべき感情をどうしても抑えることができない。

許せない。残忍で身勝手な黙郁も、人を使い捨てにする組織も、思い上がりの傲慢《ごうまん》な日本人も、誰も彼もが憎い。唇を強く噛むと、口の中に生温かい血が広がった。

「オートラ！」

五曲目の演奏が終わった時、女性客が大きな掛け声をかけ、会場に拍手が巻き起こった。

「スペイン語でアンコールを意味する言葉ですよ」

陽気に拍手を送りながら、吉平の耳元で囁《ささや》く。今宵最後のタンゴの演奏が始まろうとしていた。

ふと尿意をもよおし、吉平はふらつく足で階下の便所に向かった。何度かよろけそうになったが、手すりにつかまってようやく地下の便所にたどり着いた。いかん、相当に酔っている、気を失う前に、アパートに戻らなくては。

用を済ませて出てくると、目の前になぜか潘が立っていた。さっきとは別人のような、妙に愛想の良い下卑《げび》た笑みを浮かべている。吉平の右手首をぐいとつかむと、便所の隣の扉を乱暴に押し開け、吉平を中に引きずり込んだ。黒いソファの置かれた、かび臭く狭い部屋だった。そして何を思ったか、内側から鍵をかける。

「わかっているよな」

潘はそう言うと背後から吉平の身体を抱き寄せ、いきなりソファに押し倒し、覆いかぶさってきた。

「田島からよく聞いている……さっきそう言ったじゃないか。話が通じているなら、好都合だ」

何を言っているんだ……。朦朧としながら、吉平は必死に頭を整理しようとした。確かに当てずっぽうに、鎌をかけるつもりでそんなことを言った。潘は薄笑いを浮かべて、急に態度を変えたが、とんでもない勘違いをされてしまっていたのか。

「こっちも田島からいろいろ聞いているんだ。彼が言っていたよ。いくら秋波を送っても、あんたはまったく気づかないどころか、惚《ほ》れた女の話ばかり、していたそうじゃないか」

秋波を送った？　惚れた女の話ばかり？　吉平は混乱して話が理解できない。田島はいつもよくしてくれた。聞き上手で、吉平の話をいつもにこにこして聞いてくれた。いい奴だ、得難い友人だと思っていた。

だがそう言えば……吉平はふいに思い出す。いつだったか東京のホテルのバーの片隅で、田島が若い男と飲んでいる姿を見かけたことがある。お世辞にも美男とは呼べない小太りの田島の横に座っていたのは、細面《ほそおもて》の美青年だった。

あの時の田島は、いつになく満足そうな表情を浮かべていて、声をかけるのも躊躇《ため》われた。あれは、そういう、ことだったのか……。

「あんたは鈍感で、まったく何も気づかなかったそうだな。でもそこがいい、素直で、人が良くて、天真爛漫《てんしんらんまん》なところがまたいいんだって、田島が言ってたぞ」

くっくっくっと小気味よさそうに潘が笑う。

「花野は鄭蘋茹に惚れ込んでいるんだ、蘋茹の話を少しばかり聞かせてやってくれ。そうしたら満足するだろう、後は好きなようにしていい、きっと君も好きなタイプに違いないから。俺の分まで存分に可愛がってくれって、そう手紙に書いて寄こしたんだよ」

何てことだ。田島が、俺を売ったということか。何でも話せる友人だと、信じていたのに。

いや、待てよ、勝手に都合よい話をでっちあげている可能性もある。そうだ、そうに違いない。いずれにせよ、この男の思い通りにさせるわけにはいかない。吉平は潘の手を懸命に振り払おうとするが、腕にまるで力が入らない。酒だけではなく、眠り薬か何かを盛られたのか、吉平は舌打ちをした。端整な見かけによらず潘は意外に力が強く、吉平を背後から押さえ込んだまま、熱い吐息を耳元に吹きかけた。唇が耳元から首筋に移動し、ハァハァと荒い息をしながら首に舌を這《は》わせてくる。

「やめろ」

吉平が抵抗して身をよじると、よけいに興奮したように動きを加速させる。右手で吉平の胸をまさぐりながら、シャツのボタンを、器用に一つずつ外していく。腰のベルトを外し、ズボンをはぎ取る。あっという間に吉平の下半身が露《あら》わにされた。潘の手が吉平の股間を愛おしそうにまさぐり始める。

「やめろ、やめてくれ」

吉平が絶叫すると、掌《てのひら》で口を塞《ふさ》がれた。最後の力を振りしぼるように、吉平は潘の手に思い切り嚙《か》みつくが、びくともしない。

「往生際が悪いぞ。大切な秘密を話してやったんだから、これくらいは我慢しろ」

そう言うと自分のズボンを素早く下ろして、吉平の腰を強く引き寄せた。生温かい物が、吉平の尻に強く押し当てられる。

吉平が観念して目をつぶったその時、扉がドンドンと激しく叩かれ、甲高い悲鳴のような声が聞こえた。上海語で何やら早口でまくしたてているが、何を言っているのか聞き取れない。ふと潘の動きが止まった。チェッと舌打ちして、吉平の身体を放すと立ち上がり、鍵を開けた。

扉の外には、さっきまでヴァイオリンを演奏していた男が、顔を蒼白《そうはく》にして立っていた。目は泣き腫《は》らしたように真っ赤だ。

「裏切者！」

ヴァイオリニストは鋭くそう叫ぶと、潘の胸板を拳で叩いた。急におろおろし始めた潘は、しどろもどろになりながら、必死に彼をなだめている。その様子を吉平はあっけにとられて眺めていたが、助かったのだと悟り、ズボンを手繰《たぐ》り寄せた。

今のうちに逃げなくては。急いでズボンを穿《は》くと、シャツのボタンをはめるのももどかしく階段を駆け上り、戸外に飛び出た。降りしきる雨を気にもせず、残る力をふりしぼって、一目散に駆けだした。

中統工作員　鄭蘋茹《テンピンルー》　第一の指令　一九三九年春

霧のように細かな雨が、昨夜からしきりに降り続けている。部屋の中にはくぐもった雨の匂《にお》いがたちこめていた。雨の音に耳をすましながら、蘋茹《ピンルー》は幼い日を思い出している。あの日も雨が降っていた。

その日、姉や弟たちは、春節の準備に忙しい母に連れられ、市場に買物に出かけていた。宿題が終わらない蘋茹は、家に残って宿題を仕上げるよう言い渡された。難しい課題だった。ようやく仕上げて部屋を出ると、父が待っていてくれた。

「頑張ったね。まだ間に合うから、お母さんを追いかけよう」

父は蘋茹にレインコートを着せ、二人で市場に向かった。父と二人で出かけるのはめったにないことで、少しだけ緊張した。

「蘋茹、君ならもうわかるだろう」

そんなことを呟《つぶや》くと父は、唐突に語り始めた。手を引かれながら、蘋茹は父の話に黙って耳を傾けた。

「我が国は列強に囲まれ、試練の時にある。隣国日本は、我が国を虎視眈々《こしたんたん》と狙っている。お母さんの母国といずれ対峙《たいじ》しなくてはならないのだから、辛《つら》い思いをするかもしれない。君に覚えていて貰《もら》いたいのは、そんな危機的な中での身の処し方だ」

父の話は難しい言葉だらけで、わかりづらかった。蘋茹はポカンとして聞き入っていたが、父の悲壮な覚悟だけは伝わって来た。

母からいつも、日本の美しい物語を聞かされてきた。翁《おきな》と媼《おうな》に育てられ、やがて月に帰っていくかぐや姫の物語が蘋茹のお気に入りで、夜ごと母に続きをせがんだ。母から聞く日本という国は、美しい夢のようなお伽《とぎ》の国だった。そのお伽の国が、中国を狙っている？　いったい何の話だろう。何でこんな話を蘋茹に聞かせるのだろう。

父は蘋茹の戸惑いに気づかないのか、一人語りのように話し続けた。

「今の世は、奇計を用いて人を自滅させることが横行している。民に負担を強いる過酷な政治がまかり通っている。我が中国は、進むことも退くこともできず、身動きが取れない。まさに進退維谷《いこく》の状態だ。そんな時代に生まれたのを不幸と嘆くばかりでなく、運命として受け止めて欲しい」

「そんな時代？　運命として受け止める？」

父の目をじっと見つめ問い返す蘋茹の頭をなで、父は優しく囁《ささや》いた。

「こんな時代だからこそ、父は尽善尽美《じんぜんじんび》で自らに完璧でありたいと願っている。君にもそんな生き方を貫いて貰いたい」

わけがわからないまま、ひどく重いものを父から託されたような気がして、蘋茹は言葉が見つからずにいた。その時、母の甲高い声が、父と娘の会話を遮《さえぎ》った。

「あら、蘋茹、間に合ったのね」

市場は大勢の客で賑わい、活気に満ちていた。弟たちも蘋茹を見つけると、はしゃぎながら駆け寄ってきた。

「蘋茹、待っていたのよ、早くおいで、こっち、こっち」

姉の真如《チェンルー》に手招きされ、弟と一緒に駆け足で市場の中心に向かった。結局父との会話はそれきりになってしまった。

けれど今――。いよいよ牙を剝《む》き出し、自らを汚すような侵略行為をしている日本を見れば、あの時父が言いたかったことが、しみじみよくわかる。父には何もかもお見通しだったのだ。後に医学を志す南陽《ナンヤン》に向かって「いずれ沢山の患者を診《み》る人だから」などと呟《つぶや》くことがあった父は、蘋茹がいずれ担うことになるミッションについても、当時からわかっていたのかもしれない。

父は未来のことが見える人と思っていた。でももしかすると未来と今とを自由に行き来できるのかもしれない。ちょっとそこまでという具合に、数年後の世界に顔を出し、ひょっこり戻ってくるのだ。

工作員になった娘に、面と向かっては何も言えない。だからまだ幼い蘋茹に向かって、父は決意を語ったのではなかったか。蘋茹ならきっと覚えていてくれると見越して。

＊

一九三七年七月七日、北京《ペキン》の南西郊外に位置する盧溝橋《ろこうきょう》付近で、夜間演習中の日本軍が、中国軍から発砲があったとして攻撃をしかけた。日本はすでにその六年前、柳条湖で鉄道爆破の謀略事件を起こし侵略を開始、中国東北部に傀儡《かいらい》の満洲国を建国していたが、盧溝橋事件を口実に、いよいよ中国への全面侵略を始めた。

蘋茹が中国国民党中央執行委員会調査統計局、略して「中統」上海弁事処《べんじしょ》行動隊の正式メンバーになったのは、盧溝橋事件の起きた夏だった。中統入りすることを、父は反対はしなかった。中統に蘋茹を引き抜いたのは、陳宝驊《ちんほうか》だった。雑誌の表紙を飾り、一躍時の人となっていた蘋茹は、ジンジャンホテルのボールルームで開かれたある出版記念パーティで、陳宝驊に声をかけられた。事実上の中統へのスカウトとなった。

蘋茹は青いチャイナドレスを着て、薄手のオーガンジーのショールをはおっていた。青いチャイナドレスはお気に入りの一着で、良く似合うといつも褒《ほ》められた。着飾った女たちで賑わう中でも、蘋茹は一際目立ったようで、知らぬ間に皆がこちらを見つめていた。一人の若い男が吸い寄せられるように近づいてきて、おずおずと尋ねた。

「大変失礼ですが、『良友』の表紙を飾られていた鄭《テン》さんではございませんか」

「ええ、ええ、そうです。見ていてくださったのですね」

蘋茹は嬉しくなり思わず微笑《ほほえ》んだ。会場の皆が、耳をそばだてて二人の会話に聞き入っていた。

「もちろんです。大変印象的な、素晴らしいお写真でした」

　蘋茹がこぼれるような笑みを浮かべると、宝驊はかすかに頬《ほお》を染めた。

「自己紹介が遅れて申し訳ございません。私は陳と申します。陳宝驊と申します。陳《ちん》立夫《りっふ》の異母弟にあたります」

　陳立夫の名前にはっとなった。父の鄭鉞《テンユィエ》は同盟会との関係で、陳立夫の叔父《おじ》の陳《ちん》其美《きび》と親しかった。その縁で陳家と鄭家は交流があり、立夫は鄭家にしばしば顔を出していた。立夫は若い頃から秀才として名高く、アメリカのピッツバーグ大学で鉱学修士を取得した。その後、孫文の著作を読み、サンフランシスコで国民党に入党した。帰国後に採鉱技術者として起用されるも、すぐ蔣介石に呼び寄せられ、広州に赴《おもむ》いた。国民党では誰もが知る人物だった。

「まあ、陳立夫の弟さんでしたか」

　蘋茹が驚いてそう返すと、宝驊は端整な顔をほころばせた。短い立ち話ながら、日本人の母親から日本語を習ってきたこと、幼い頃からイギリス人の友人もいて、日本語も英語も日常会話なら困らないこと、国民党系の民光中学で学んだことなどを伝えると、宝驊は満足そうに目を細めた。

「我々に力を貸してくれませんか。貴女《あなた》のお力添えが必要なのです」

宝驊がうやうやしく頭を下げた。胸の内から熱く込み上げてくるものがあった。

「私は日本で生まれました。大きくなってから訪ねたことはありません。微《かす》かな記憶が残っているだけです。父はしばらく日本に留学していて、その時に母と知り合ったのです。母の聡明《そうめい》なところに父は惹《ひ》かれたそうです。日本には学ぶべき点も多いと、父は繰り返し言います。いつかは私も行ってみたいです。でも……」

父の祖国と母の祖国に切り裂かれる鬱屈《うっくつ》を、初対面の相手に思わず吐露してしまった。そんな蘋茹を宝驊は静かに見守っていた。

「日本というのは、たいそう美しい国だそうですね。母のことは大好きです。尊敬しています。父を信じて、親の反対を押し切って、船に一昼夜揺られて、誰一人知り合いもいないこの国に、嫁いで来たのです。勇気ある人と尊敬しています」

「お母上の噂は聞いています。たいそう立派な賢婦人であると」

母のことを褒められるのは心底嬉しい。同時に秘めた思いを打ち明けたくなった。

盧溝橋事件が起きて以来、抗日の気運が日増しに高まっている。

何かしなくては……。蘋茹はずっと、突き動かされるものを感じていた。この人ならわかってくれるはずだ。

「たとえ母の生まれ育った国であろうと、日本のやっていることが許せません。私は本物の中国人になりたい。私で力になれるならば、ぜひお手伝いさせてください」

気が付くと身体が小刻みにふるえ、嗚咽《おえつ》していた。

「本物の中国人になりたいのです。貴方《あなた》がたのお手伝いをさせてください」

蘋茹は思いつめたように言って、宝驊の掌《てのひら》を両手でギュッと握った。宝驊は何も言わず大きく頷《うなず》き、蘋茹の手を握り返した。温かい掌だった。この人は信頼できる。この人ならわかってくれる。一人の愛国者として認めてもらえた、そんなふうに誇らしく思えてならなかった。


中統工作員としての任務は、当初は学生運動の延長のようなもので、さして専門的なものではなかった。愛国心に燃えた学生たちは、ほとんどがどこかの抗日運動組織に所属していて、一種の流行のようなものだった。だから陳宝驊の誘いにも迷わず、素直に喜んで受け入れることができた。光栄で名誉な申し出と受け取った。

幼い頃から日中混血という生い立ちに人知れず悩み、アイデンティティと格闘して来た。皮肉なことにその生い立ちが、工作員としては役に立つようだった。母が日本人というだけでなく、日本語を流暢《りゅうちょう》に操れるせいか、蘋茹の周りには多くの日本人が吸い寄せられるように集まっている。それは他の中統工作員には絶対に真似《まね》のできない武器になり、宝となったようだった。母に厳しくしつけられ、日本女性としてのたしなみを教わって来たのも、思わぬ形で役立つことになった。

異国の地で蘋茹に出会うと、日本人は何故《なぜ》かホッとするらしい。雰囲気や礼儀作法などに違和感がまったくないのだという。小野寺機関で知り合った花野という男など、蘋茹と話しているだけで故郷を思い出すと言った。蘋茹が日本を離れたのは二歳の時で、それ以来、一度も訪れたことなどないのに。

しかも蘋茹の周辺の日本人には、社会的に信頼できる人が多かった。中統幹部が喉《のど》から手が出るほど欲しがる情報を、蘋茹はたやすく入手することができるのだ。蘋茹の存在意義は日に日に増し、中統の幹部らは、蘋茹により多くを求めるようになっていた。

——近衛文隆《このえふみたか》に近づき、囚《とら》われている工作員の釈放を要求せよ。

それが中統からの最初の重要な指令だった。

近衛文隆は、東亜同文書院の講師として赴任していた。面会を求めるために、蘋茹は日本の著名な学者の妻に信頼をとりつけ、お墨付きを貰《もら》った。だからこそ、単身で学院に乗り込むという芸当ができた。もし日本の貴族階級の事情に精通していたなら、恐れを抱いて足がすくんだだろう。だが蘋茹は逆に闘志が湧《わ》いてきた。

「近衛さんって、いったいどういう方なの。そんなに偉い人なの」

母に尋ねてみた。総理大臣の息子であるのは知っているが、それ以上の知識はなかった。母は目を丸くした。

「近衛さまと言ったら、平安時代から続く名門中の名門、五摂家《ごせっけ》筆頭のお家柄だよ。言わば華族の中の華族ともいうべき存在だよ」

五摂家？　平安時代から続く名門？　貴族の中の貴族？　そんなふうに言われても理解できるはずもなかった。

「へぇ、そんなに格式あるお家柄の方なのね」

「そうさ。母さんなんか、目を合わすこともかなわない存在だよ。まさに雲の上のお人だよ」

母は大げさに肩をすくめて見せた。

「ふうん、そうなの」

ますますこの人物に興味がわいてきた。

支那人と結婚した女——。母はそう言われて親族から蔑《さげす》まれてきたと聞く。母の受けた屈辱は、相当に根深いようだった。夫がいくら出世しても、その悔《くや》しさは容易に拭《ぬぐ》いきれないようで、母の苦悩を幼い頃から目《ま》の当たりにして育った。

蘋茹も日本という国に惹《ひ》かれながら、上海の街を横柄《おうへい》に闊歩《かっぽ》する日本兵の姿を忌々《いまいま》しく見つめてきた。支那人と結婚した女の娘が、日本の大貴族の子息に罠《わな》を仕掛ける。面白いじゃない。やってやろうじゃないの。

自分にしかできないやり方で、母の祖国・日本に対峙《たいじ》してみたい。自身の存在を賭けて、日本という国の扉をこじ開けてみせよう。そう思えば身体の奥底から、ふつふつと勇気がこみ上げて来る。

大貴族の息子だなんて、さぞかし傲慢《ごうまん》で威張《いば》った男に違いない。日本人は内心では誰しも中国を見下している。どんなに紳士的にふるまっても、本心では中国を侮蔑《ぶべつ》している。文隆に対面するまで、日本人なんてそんなものと思い込んでいた。だが文隆は違った。

少し眠たげな、物憂《ものう》い表情で、文隆は窓の外を眺めていた。蘋茹が扉を開けると、ゆっくり視線をこちらに向けて、驚いたようなまなざしをした。

「はじめまして。近衛文隆です」

慌《あわ》てて立ち上がり、蘋茹の目をまっすぐに見つめて、まぶしそうに目を細めた。

「僕はあまり学業が得意ではなかった。それが学生主事だなんて皮肉なものです。書類を読んでいるだけで眠くなってしまって、実は困っていたんです」

はにかんだ表情をしながら、文隆は茶目っ気たっぷりに語り始めた。良家の子息らしく、屈託なく、堂々たる存在感を身にまとっていた。それでいて、偉ぶったところはない。人懐《ひとなつ》こく陽気で、朗《ほが》らかで、開放的だった。

「突然貴女《あなた》が入って来て、正直驚きました。目が覚めました。いや、もちろん、ご訪問は知っていました。でもまさか、こんな方がいらっしゃるとは」

百八十センチを超す堂々たる体軀《たいく》の持ち主が、背中を丸めて恥ずかしそうに告白した。身長百六十八センチでハイヒールを履いた蘋茹を、わずかに見下ろしながら、文隆は蘋茹から決して目をそらそうとはしなかった。

素敵な人……。

今まで見知ったどの日本人とも違う。こんな日本人がいるんだ。なぜか懐かしい印象すら覚える。

文隆は日本の貴族の通う学校である学習院中等科を卒業後渡米し、アメリカの高校を卒業して、名門プリンストン大学に進んだという。アマチュアゴルフで全米一位になるなど、スポーツマンとして活躍した。そんな華々《はなばな》しい経歴は、中統からの情報で知っていた。写真を何枚も見せられたが、実際に会うまでは、彼の持つ独特な雰囲気はわからなかった。家族公認の婚約者・王漢勲とも、似た雰囲気を持っていた。

王漢勲は、中学の先輩だった。婚約者とはいっても、口づけすら交わしてはいない。

第五大隊に所属する中国空軍のパイロットで、母のお気に入りでもある。週に一度は欠かさず手紙を書いてきた。手紙と共に近影の写真を同封して投函《とうかん》するのは、妹の静《チン》芝《チー》の役目だった。蘋茹が漢勲に手紙を書いているのを見ると、母は安堵《あんど》の表情を浮かべるのだ。

もちろん漢勲のことを嫌いではない。そうでなければ、いくら両親のお気に入りだからと言って、結婚の約束までするはずはない。中統の工作員にスカウトされて、その任務に新たな役割が付加されてからは、漢勲の存在意義は微妙に変化しつつあった。

鄭蘋茹には王漢勲という立派なフィアンセがいる――。

その事実が隠れ蓑《みの》となって、どれだけ蘋茹の行動を守ってくれるか知れなかった。

平和が訪れたなら、普通に結婚して、妻になり、母になるという穏やかな未来が待っている、それが蘋茹と家族にとって、どれだけ心の支えになるか知れなかった。

がっちりした体軀、育ちの良さそうなおっとりした雰囲気、朗らかな笑顔――。

文隆に夢中になるのに、時間はかからなかった。真正面から挑んでくる蘋茹を、文隆は正々堂々と怯《ひる》むことなく受けて立った。

蘋茹と文隆は似合いのカップルと言われた。街を歩いているだけで、大いに目立った。

「近衛の息子と鄭蘋茹が付き合っているぞ」

噂はあっという間に上海を駆け巡った。

抗日テロの横行する上海の街で、文隆は極めて危ない存在だった。日本軍もその扱いに神経を使っている。日中両国からマークされていても不思議はない存在だった。けれどいくら逢瀬《おうせ》を重ねても、蘋茹が近くにいる限り文隆は安全だった。蘋茹とてそれは同じで、日本軍から見張られているに違いなく、その意味で二人は互いを守っていると言えた。

一番の誤算は、蘋茹が文隆を本気で愛してしまったことだ。敵国日本の宰相《さいしょう》の令息に近づき、彼を籠絡《ろうらく》して、囚《とら》われている工作員の釈放を要求するのがミッションだった。それなのに逢うたびごとに文隆に惹かれ、離れ難《がた》くなっていった。愛《いと》おしくてたまらず、気づけば抜き差しならない間柄になっていた。

こんな時代でさえなかったら、はばかることなく恋を謳歌《おうか》できたのに。大人たちの勝手な思惑《おもわく》で、若い盛りの恋人同士が我慢を強《し》いられるのがやりきれない。だが目の前にいる文隆こそ、無謀な侵略を仕掛けた大日本帝国総理の子息なのだ。これ以上深入りすれば、蘋茹自身が中統から、疑いの眼差《まなざ》しを向けられそうだった。

いっそ自分の身分を明かしてしまおう。幾度そう思っただろう。文隆と手を携《たずさ》えて、正々堂々と日中和平を図《はか》れたならどんなに良いか。

ダンスホールで文隆の髪を指でまさぐり、身を任せて踊っていると、戦時中というのさえ忘れてしまいそうだった。

「僕は戦争を憎んでいる。でも戦争がなければ、君とこうして出会うこともなかった。皮肉だね」

耳元で文隆が囁《ささや》き、吐息をつく。蘋茹は文隆の目を見つめた。唇を重ねながら、二人は夜更《よふ》けまで踊り続けた。

だが夢のような時間は長く続かない。二人を苦々《にがにが》しく観察している者たちがいた。

「文隆の上海滞在は百害あって一利なし」

上海領事館から日本宛に一通の電報が打たれた。五摂家筆頭の近衛家嫡男《ちゃくなん》を、これ以上危険にさらすわけにはいかない。場合によっては、父親の近衛文麿の立場すら危《あや》うくする。そう判断が下された。電報文は効果てきめんで、文隆はすぐに日本に呼び戻された。文隆と蘋茹の恋は、こうしてあっけなく潰《つい》えた。

蘋茹はしばらく何も手につかなかった。自分から仕掛けた罠だった。悲劇的な結末を覚悟していた。それなのに、なかなか現実を受け入れられない。文隆に二度と会えない。その事実が蘋茹を打ちのめした。

もしかすると、じきに差出人不明の手紙が到着するのではないか。秘密の連絡方法が記された電報が届くかもしれない。或いは文隆の友人が、こっそり郵便受けにメモ書きを投函してくれるかもしれない。だが待てど暮らせど、そんな気配は一向に見られなかった。

結露で曇る窓ガラスに、指で大きく文隆と書いてみた。すぐに水滴が垂《た》れ、文字は滲《にじ》み、歪《ゆが》んで消えた。

第五章　隣家の女

一九四一年十一月

El destino からどうやって帰ってきたのか、まったく記憶がない。気づくと千恵子の部屋の玄関に寝転がっていた。しかもどこかで転んだのか、右膝《ひざ》と右腕に怪我《けが》をしていて、特に右膝の傷は深かった。千恵子が傷口を消毒し、止血してくれた。だが店主に犯されそうになったことだけは、千恵子にどうしても言い出せなかった。田島に裏切られたことも相まって、心の傷は怪我よりもはるかに深く、重かった。

丸一日死んだように眠り、その後も数日間体調がすぐれなかった。千恵子はひどい二日酔いだと思っているようだった。床の中でぐずぐずと、ああでもない、こうでもないと思いをめぐらせた。ようやく普通に寝起きできるようになると、千恵子がほっとした表情を浮かべた。

「回復して良かったわ……どうなることかと心配したわ。それより」

吉平を憐《あわ》れむような目で見た後に、千恵子はいつになく神妙な顔つきで言った。

「もう貴方《あなた》の探偵ごっこに、付き合えないかもしれない。それどころじゃないもの。末端の私には、詳しいいきさつはわからない、でも近いのは確かよ」

珍しく弱気だ。いよいよ日米開戦が間近《まぢか》になったらしい。日本はいったいどこまで、愚行を繰り返すのだろう。

「昨日、事務所に若手の経済学者がやってきたの。『ヒトラー総統の経済政策について』という講演をして、将校たちから、拍手喝采《かっさい》を受けたそうなの。参加した人から話を聞いて、薄気味悪くてぞっとしたわ」

千恵子の表情は、不安でひきつって見える。

破竹の勢いで侵攻を進めるドイツは、独ソ不可侵条約を破ってソ連に侵攻した。奇襲により、各戦線でほぼドイツ軍がソ連赤軍を圧倒したという。前年、日独伊三国同盟を締結した日本は、ますますドイツへの信頼と依存を深めているようだ。

ヒトラーの取った経済政策は確かに大きな効果があったと言われている。速度制限のないアウトバーンという高速道路をはじめとする公共事業によって、ドイツは失業問題を大幅に解消した。アウトバーン建設費の四六パーセントが、労働者の賃金に充《あ》てられたとも言う。総統は労働者への福利厚生に非常に手厚く、国民から圧倒的な支持を集めているようだ。

「彼はまず、大成功をおさめたベルリン・オリンピックの話から始めたみたいなの。総統はオリンピックこそ、ナチス・ドイツを世界に知らしめる絶好の機会と考えたそうよ。様々な趣向を取り入れて、オリンピックを今までにない世界的なイベントに変えてしまったんですって」

一九三六年に開かれたベルリン・オリンピックは、吉平の記憶にも焼き付いている。四十九ヶ国と地域が参加した盛大な大会で、ドイツではテレビジョン中継がされたらしいが、吉平は時折ラジオでその実況を聞いていた。

後に女性監督の撮った記録映像が公開された。日本軍将校たちは映像を見て歓声を上げ、一九四〇年開催予定だった東京オリンピックの中止を、しきりに悔しがったと聞く。

「選手村は自然豊かな森の中に造られていたそうよ。部屋には各国の生活に合わせた設備が整えられていて、湖のほとりにはサウナがあり、夜は映画上映、時にはベルリン・フィルハーモニーの演奏も聞けたんですって。総統はベルリン・フィルを国有化して、楽団員たちは公務員となり、生活が保障されただけじゃなく、貴重な楽器が貸与され、更に素晴らしい演奏ができるようになったんですって。選手たちは自国でも経験したことがないような、快適な時間を選手村で過ごしたそう。それを報道陣が世界に発信したのだから、大宣伝になったのよね。それから総統が導入した聖火リレー」

「ああ、聖火リレー、あれは確かに斬新な演出で、ひどくドラマチックだった。ニュース映像で見たよ。ギリシャから始めることで、ドイツが古代ギリシャ・ローマを継ぐ正統な後継者であることを、見せつけているようだったよ」

千恵子は意味ありげな視線で何度も頷《うなず》いて見せた。

「そう、そう、そうでしょう。総統は確かに、演出家としての才能にあふれているのよね。ベルリン・オリンピックは結局、総統の作品だったのよ。世界があの映像を見て仰天《ぎょうてん》して、ナチス・ドイツを見直したわけだからね」

千恵子は大げさにため息を吐《つ》いて見せた。

「そしていま新たなプロジェクトが進行中なんですって。ゲルマニア計画という」

そう言うと口ごもった。

「何だ、その、ゲルマニア計画というのは」

「ベルリンを大改造して、世界の首都となる街を作ろうという計画だそうよ。何でもゲルマニアというのは、古代ローマで呼ばれていたドイツ地方の呼称なんですって。世界首都の名として、ふさわしいからと名付けられたみたいなの」

「世界首都の名前？」

千恵子の話を聞きながら、吉平もだんだん不気味な感覚にとらわれてきた。

「何でもメインストリートの道幅は百二十メートルもあるらしいのよ。ベルリンの街を、南北に十字型に縦断させる計画なんですって。通りの末端には、飛行場が置かれるんだとか。十五万人収容できるベルリン・ドームに続いて、四十万人収容できるニュルンベルグ・スタジアムの計画もあるそう。そこでナチスの党大会が、開かれる予定らしいわ」

百二十メートルものメイン・ストリート？　十五万人収容できるベルリン・ドームに続いて、四十万人収容できるスタジアム？　いくら何でも話が大きすぎやしないか。荒唐無稽《こうとうむけい》な計画に、吉平も慄然《りつぜん》とする。

「完成は一九五〇年の予定で、その後のオリンピックは、未来永劫《えいごう》そのスタジアムで開く予定とか。少なくとも総統は、そう信じているらしいわ」

千恵子は肩をすくめて見せた。吉平も呆《あき》れて言葉を失った。

「経済学者はヒトラー総統に心酔しているのよ。でも彼だけじゃあないの、軍部はほとんどみんな、ナチス・ドイツの信奉者なの。この戦争で最終的にドイツが勝利して、世界を支配すると信じているのよ」

ふと強い雨音に気づいて、吉平は窓の外を見やった。昼過ぎから空は厚い雲に覆われ、どんよりしている。水蒸気を多量に孕《はら》んで膨張した雲が、いよいよその重みに耐えられなくなり、大粒の雨を放出しはじめたようだ。千恵子は洗濯物を取り込むのも忘れて、相変わらず話すのに夢中になっている。

「彼は講演の最後にこんなことを言ったらしいの。総統は、日本を一つの理想形と見なしているって。天皇の名の下で、分裂することなく団結して、連綿と歴史を刻んできた日本民族を、理想の国と考えているんですって。大日本帝国と第三帝国が手を結んだなら、どんなことでもできるって。そんなふうに締めくくったらしいわ」

待てよ……と吉平は思う。『わが闘争』の中では、日本への評価は低かったはずだが。その二枚舌に、日本は引っかかったのか。あまりに愚かで目も当てられない。

空に青白く鋭い稲妻が閃《ひらめ》いた。遠くで雷鳴がかすかに響く。

「我々は世界を征服するのだと、彼は力強く訴えたそう。ナチスドイツは世界に冠たる大帝国になるのだ、って。日本はナチスの同盟国として、アジアの盟主として、世界平和に貢献しなければなりません、って。将校たちは興奮して、割れんばかりの拍手を送ったそうよ」

黒いコートにハーケン・クロイツの腕章をつけ、不敵な笑みを浮かべてザッザッと行進していく第三帝国の軍人たちの姿を吉平は目に浮かべる。あの不気味さに、奴らはなぜ気づかないのだろう。

雨脚はますます激しさを増している。千恵子は気にも留めず、熱を帯びたまま早口で話し続けた。

「ドイツを後ろ盾《だて》と見なして、日本は身の程知らずの、とんでもないことをしでかそうとしているらしいわ。狂っている、日本中が……。どうすればいいの。もう止めることはできないのね」

稲妻の閃光《せんこう》で、一瞬千恵子の顔が青白く浮かび上がった。同時に轟《とどろ》くような雷鳴が部屋に響き渡り、千恵子は吉平の背中にすがりついた。

「狂ってる……日米開戦なんて、無茶よ、むちゃくちゃだわ……」

ふるえながらなお、うわごとのように呟《つぶや》き続ける。

「男たちは幻想を抱き過ぎなのよ。何かに憑《と》りつかれたように、戦争を美化している。闘いを始めるのは、いつだって男たち。戦争なんて、ただの殺し合いなのに。男たちは英雄気取りで戦場に赴《おもむ》く、いや、赴かされるのよ。戦争の蔭《かげ》で、泣かされるのはいつも女たち。男たちの幻想には、もううんざり」

千恵子の言うことはもっともだ。吉平が力なく頷くと、攻撃の矛先《ほこさき》は、吉平に向かった。

「吉平さん、貴方だってそうよ。蘋茹《ピンルー》の死に、幻想を抱いてるでしょう。男たちは蘋茹の死を美化して、神話に仕立て上げてしまった。吉平さんだって、蘋茹を女神のようにまつり上げているだけだわ」

そう言うと千恵子は、吉平をきっと睨《にら》みつけた。

「蘋茹は女神でも何でもないの。どこにでもいる、ありふれた人間だったのよ。戦争さえなければ、彼女も平凡な人生を生きたはずだわ。国民党中央執行委員会調査統計局の工作員になったのは、一人の人間として、居ても立ってもいられずに選んだ道だったはず。誰に強制されるのでもなく、自分で選んだ道でしょう。処刑されたのは気の毒だけれど、潔《いさぎよ》く堂々と死んでいったのよ。彼女を憐《あわ》れむのも、神格化するのも、どちらにしたって、おかしいわ」

千恵子の声は次第に湿り気を帯び、甲高《かんだか》く上ずってきた。潤んだ瞳で、吉平の方をじっと見つめている。そのまなざしは「私だけを見て、彼女のことは忘れて」と、懇願しているように思えた。吉平は千恵子の前で、ただ項垂《うなだ》れるしかない。

＊

膝《ひざ》の傷がようやく癒《い》えはじめた頃、吉平は四川北路の路地裏の、El destino を訪ねてみることにした。あれは事故みたいなもの、忘れなくてはと思いながら、潘《はん》の吹きかけた生温かい吐息の感触が未《いま》だ拭《ぬぐ》いきれず、吐き気をもよおす。けれど直視しないわけにはいかないと感じて、重い腰を上げることにした。

雷雨はすっかりやんで、まだ雲に覆われているものの、もう傘は必要なさそうだった。街のそこここに、目つきの悪い日本の憲兵らしき奴らが立っている。粘り気のある視線でじろりと凝視《ぎょうし》されている気がしてならない。なるたけ顔を伏せながら、迷い迷い、ようやくあの日と同じ場所にたどり着いた。見上げると、店の看板が外れていた。入口の重い扉はびくともしない。確かにここに間違いないはずだが……怪しんで扉を叩いてみたが、中に人のいる気配はしない。

「そこは何ヶ月も前から空き家《あきや》だよ」

道行く男たちから、からかうような声がかかる。

「お兄さん、阿片《あへん》なら、もっと良い店、たくさんあるよ」

向かい側には怪しげな阿片窟《くつ》らしき店があり、男たちは笑いながら店の中に入って行く。吉平は店の前で言葉を失い立ちすくんだ。

華奢《きゃしゃ》な身体からは想像できないほどの力で吉平を押さえつけた潘、地下の部屋のかび臭い匂い、ヴァイオリニストの青白い顔、銀髪のロシア人と胡乱《うろん》な目をした金髪女……あれだけ酔っていたのに、あの日のことは鮮明に焼き付いている。アパートまでどうやってたどり着いたのか、まったく記憶がないのは不思議だが、熱を帯びた一人語りの内容も、吉平の頭にしっかり刻まれている。

「何ヶ月も前から空き家だって？」

吉平は独りごちた。狐《きつね》につままれるというのは、まさにこんな状況をいうのだろう。一夜限りのタンゴ・リサイタルだったとでもいうのか？　潘と田島が仕組んだ大芝居だったとでも？　吉平をおびき寄せるために、故意に企《くわだ》てられたものだったのか？　まさか、そんな……ありえない。だが重い扉の向こう側で、じっと息をひそめて、こちらを窺《うかが》っているような気がしないでもない。

頭の中が真っ白になりながら、吉平はあてもなく四川北路の路地を彷徨《さまよ》った。この辺りは、尾崎と飲み歩いた界隈《かいわい》でもある。尾崎はどんな思いでいるのだろう。豪快な尾崎の笑い顔を思い出せば、胸が軋《きし》む。

表通りには憲兵らしき男どもが立っているので、できるだけ路地裏を歩くようにした。誰かにつけられている可能性だって否めない。この街では、誰が敵で誰が味方か、容易にはわからない。皆が寝返りをくり返すので、今日の味方は明日の敵なのだ。用心を重ねすぎても重ねすぎることはない。

路地裏には、相変わらずいかがわしい風情《ふぜい》の店ばかりが目立つ。そのほとんどは娼館か阿片窟だった。

阿片窟……吉平が華族の次男坊から依頼された「日本軍に関する機密情報」という

のは、日本軍と阿片について、それから里見という人物についてだった。

阿片は芥子《けし》の花から作られるという。芥子は六月頃、直径十センチほどの花を咲かせる。一日であっという間にしぼみ、楕円《だえん》形の固い果実ができる。その表面を傷つけると乳液のような分泌《ぶんぴつ》物が出てくるらしい。これをまず小さな壺《つぼ》に集めてから、大きな甕《かめ》に移し替え天日で晒《さら》して、固形化したのが生阿片だそうだ。

生阿片に水を加えて、煮詰めて軟膏《なんこう》状にしたものが阿片煙膏《えんこう》と呼ばれるもので、普通はそれをパイプに詰めて、ランプにかざして燃焼させて煙を吸引する。タバコのように何処《どこ》でも吸うものではなく、寝台に横たわりゆっくり吸引するのが一般的らしい。美術品に囲まれ、春画でも眺めながら吸引するのが理想などとも言われ、退廃的で贅《ぜい》沢《たく》な嗜《たしな》みとも称されている。

だが生阿片には十パーセントほどのモルヒネが含まれている。これが人間の神経を麻痺《まひ》させ、苦痛を鎮《しず》めるという。モルヒネに含まれる麻薬作用で、桃源郷に遊んでいるような幻覚に襲われるらしい。中毒になるとなかなか抜け出せず、やがて廃人になってしまう。阿片とはそうした恐ろしい「嗜み」なのだ。

吉平が調査を依頼された里見という人物は、日本の財閥系商社三井物産や三菱商事との共同出資で作られた昭和通商という会社と連携《れんけい》し、上海での阿片密売を取り仕切るための機関を設立、運営を一手に任されていると聞く。彼の名を冠して里見機関と呼ばれるが、背後には青幇《チンパン》や紅幇《ホンパン》がいて、ペルシャやモンゴル産の阿片を密売しては、莫大な利益をあげて軍に回していると噂されている。

阿片の元締めといえばどんな悪党かと思いきや、吉平が調べる限り、里見は女と阿片以外にはまったく欲のない男という評判なのだ。名誉にも出世にも蓄財にも興味がないとかで、仙人のように飄々《ひょうひょう》と暮らしているらしい。狂気と正気のあわいを彷徨《さまよ》っているような、不思議な気配の男なのだという。

里見は今日もこの街のどこかの阿片窟で、ソファに横たわり、優雅にパイプをくゆらせているのか。そんな男の姿を想像すると、上海の底知れない恐ろしさを感じる。いま自分が立っているところすら定かでない気がして、吉平はかすかに身震いをした。

眩暈《めまい》を覚えながら帰宅すると、華君《ホアーチュイン》から手紙が届いていた。先日の礼が述べられた後に、鄭《テン》家の隣に住んでいる女性に、話を聞いて貰えないかと記されていた。

華君によればその人物は、楊蘭玲《ヤンランリン》という名の若い女性で、鄭家の遠縁に当たり、偶然万宜坊《まんぎぼう》の隣同士になったという。蘋茹《ピンルー》とは幼なじみでもあり、蘋茹が自首する直前に、やり取りをしていた様子だという。

蘋茹が家を出てから何故か蘭玲は急によそよそしくなり、連絡がとりにくくなったそうだ。直接尋ねにくいこともあるようで、出頭する前後の娘の様子を吉平から探って欲しいという意向だった。蘋茹がなぜ自首する決意に及んだかについては、吉平の最も知りたいところでもある。もしこの女性が会ってくれるなら、話を聞く価値は十分ありそうだ。吉平はすぐに承諾する旨《むね》の返事を書いた。

＊

荘重《そうちょう》なゲートを通り過ぎ、マロニエ並木をしばらく歩くと、アイボリー色の美しい邸宅群が見えてくる。吉平は再び万宜坊を訪れた。

空を見上げると数日前の雷雨が嘘《うそ》のように澄み渡っている。心地《ここち》よい晩秋の一日だ。世界が戦火の渦中にあるとは思えないような穏やかな晴天だった。これから寒風吹きすさぶ厳しい冬がやって来る。吉平は己を奮い立たせるように深呼吸をした。

玄関でブザーを鳴らすと、水色のブラウスをまとったいかにも若奥様といった風情の女性が、柔らかな笑みを浮かべて迎えてくれた。蘋茹と背格好はよく似ているものの、端整な顔立ちは蘋茹ほど派手ではなく、目も鼻も小づくりで、唇も薄く、品は良いがどこか淋《さび》しげな印象を与える。

すぐに広々した居間に案内された。室内は鄭家とほぼ同じ作りに見えるが、ヨーロッパ風の家具に統一されているせいか、ずいぶん違う印象を与える。天井には小ぶりながら精緻《せいち》なシャンデリアが吊るされ、大理石の丸テーブルを挟んで、薄緑の布の張られた猫足のソファが置かれていた。蘋茹の軟禁された洋館は、こんな感じだったのではないか。ふと料理人・王の話を思い出した。

ソファに腰かけると、華奢《きゃしゃ》なデザインの花柄のティーセットが運ばれ、ポットから熱い紅茶がなみなみと注がれた。小皿には菱形《ひしがた》の小さなクッキーが添えられていた。

ソファ横の黒檀《こくたん》のテーブルには、青絵の深い鉢が置かれていて、ふと覗《のぞ》いてみると大きな赤い金魚が三尾、尾ひれを揺らしながら心地よさそうに泳いでいた。

「どうぞお召し上がりください」

蘭玲は若奥様然とした様子で、細く高い声で茶を勧めた。こちらをじっと観察しているようでもある。吉平は視線を気にしながら、緊張してティーカップを手に取った。

「遠慮なく頂きます」

紅茶は柑橘《かんきつ》系の甘い匂いがした。クッキーはサクサクした歯ごたえで、シナモンの香りがする。

「寒くないですか。膝掛けをお持ちしますか」

「いいえ、大丈夫です。お気遣いなく」

そう答えると、蘭玲は安堵《あんど》した様子で、吉平の前に腰かけた。

「華君おばさまから聞きましたわ。蘋茹従姉《ねえ》さんのことを調べていらっしゃるそうね」

蘭玲は気だるそうな、うつろなまなざしを吉平に向け、窓の方を指さした。

「タイヤのきしむ音がすると、あわててその窓を開けて、ベランダから身を乗り出し、目をこらしました。毎晩きっちり九時半でした。オペラグラスを手にして、黒塗りのビュイックで送られてくる従姉さんの姿を、いつも眺めていました」

「そうでしたか」

丁黙邨《ていもくそん》に送られて帰る蘋茹についていて、いきなり核心を突くような話が始まり、吉平は少なからず動揺した。

「従姉さんはいつも、にこやかに車から降りて来ました。男は決して車外に出ない。でもオペラグラスを通せば、特徴ある顔立ちを確認できました。小ずるそうなネズミ顔の男でした」

蘭玲は唇を噛《か》んだ。

「あんな危険な男と行動を共にするなんて、従姉さんは何てむこうみずなんだろう。そこまで大胆な行動ができる人とは、思っていなかったんです」

こめかみのあたりが、時々かすかに痙攣《けいれん》する。気位が高く、神経質な人なのかもしれない。同年代の女性のせいか、蘋茹に対して批判的なまなざしも持ち合わせているようだった。

面会を承諾した旨の手紙を出すと、華君はすぐ蘭玲にアポイントを取ってくれた。吉平との面会を、蘭玲は意外にすんなり同意してくれたようだ。更に華君は、蘭玲の生い立ちについて、微に入り細に入り知らせてくれた。

手紙によれば蘭玲は蘋茹より二歳年上、姉の真如《チェンルー》と同じ年だったが、蘋茹の方が気が合ったらしい。父同士が従兄弟の関係で、幼い頃二人は非常に親しく、互いに「従姉《ねえ》さん」と呼び合って、よく遊んだという。蘭玲の父も蘋茹の父と同じ律師（弁護士）の資格を持っていたが、家庭の雰囲気はまるで違ったらしい。

蘭玲の母親は清《しん》王朝末期の高名な官僚の孫娘で、芸術家肌の女性だった。イギリスに留学歴もある進歩的な女性ながら、繊細で神経質だった。父親は律師になったものの、もともと商売に野心を抱いていて、中国茶を輸出する貿易会社をはじめて思いのほか成功した。一家の暮らしは急に裕福になったという。

経済的に豊かな家庭にありがちなように、蘭玲の父親は何人もの愛人を持ち、夫婦仲は更に悪化していった。母は子どもたちにピアノや絵画を学ばせ、教育で気をまぎらわせようとしたが、次第に精神的なバランスを崩していった。

ある時、蘭玲と弟を置いてふらりと旅に出かけ、そのまま実家に戻ってしまった。途方に暮れた父親は、蘭玲と弟を寄宿舎のあるカトリック系の学校に預けた。夏休みに帰宅すると、見知らぬ若い女が家を取り仕切っていて、母親然とふるまっていた。見ず知らずの女に懐《なつ》けず、蘭玲は家を飛び出し寄宿舎に戻り、そのまま二度と実家には帰らなかった。

しばらくして母親が子どもたちを引き取り、ようやく母子の生活が始まったが、監視するように娘を見張る母との暮らしは息詰まるようで、蘭玲は母の目を盗んで夜の街に繰り出すようになった。ダンスホールで十歳年上の楊浩宇《ヤンハオユィ》という実業家と知り合い、衝動的に結婚を決めたという。

実際に蘭玲に対面してみると、経済的に恵まれながらも、愛情に飢えて育った若い女性の姿が透けて見えるようだった。翳《かげ》りや鬱屈《うっくつ》が、表情や言葉の端々《はしばし》から見え隠れする。それは蘋茹には見られない特徴だった。

漢方薬を扱う商売を親から受け継いだ楊浩宇は、経済的には何不自由なかった。けれど女好きの遊び人という評判で、結婚相手として好ましくないのは明らかだった。憎い夫に似た男を、娘が選んだから腹を立てているのか、母親は向きになって反対した。母から逃れる術《すべ》は、結婚しかない。不幸になってもかまわない。母から逃れられさえすれば……。そんな気持ちで蘭玲は結婚を決めたらしい。

幸い浩宇はたんまりお金を持っていて、二人は万宜坊の一画に住まいを決めた。マロニエ並木に美しい邸宅が建ち並ぶ高級住宅街は、新婚夫婦としては贅沢《ぜいたく》すぎる住処《すみか》だった。二人はままごとのような新婚生活を始めた。

苦労知らずの浩宇は、一見おっとりして温厚な男だった。これでようやく穏やかな生活を送れると期待したが、三ヶ月もたつと、新婚生活に飽きてしまったのか、休日や夜にふらりと外出して、遅くまで帰ってこなくなった。温かな家庭を築こうなどという意思を、浩宇は少しも持ち合わせてはいなかった。だが蘭玲も、結婚に元々何の夢も抱いていなかったので、さして落胆もしなかった。一人家に取り残され、退屈をどう紛《まぎ》らわしてよいかわからずにいた。近所の有閑マダムに誘われて、麻雀《マージャン》やブリッジに興じたこともある。ダンスホールに通ったりもした。ダンスと麻雀は自慢できるほどではないが、イギリス帰りの母親に育てられた蘭玲はブリッジが得意で、マダムたちに重宝がられた。でもそれにもすぐ飽きてしまう。

そんな時に、偶然にも隣に鄭《テン》一家が越して来た。一家は万宜坊の別棟に住んでいたが、そこが手狭になったので、隣に越して来たらしかった。こうして蘭玲と鄭家の交流が再び始まったのだ。

「鄭一家が隣に越してきたのを知り、びっくりしました。暇を持て余していた私は、すぐに挨拶に行きました。鄭鉞《テンユィエ》おじさまと華君《ホアーチュイン》おばさまも私を見て驚き、たいそう喜んでくれました。小さな蘭玲が、こんなに大きくなって、しかもご大家の奥さまになってと目を細めてくれました」

「鄭鉞氏も華君も、立派に成長した貴女《あなた》を見て、さぞ喜んだのでしょうね」

吉平が頷《うなず》くと、蘭玲はかすかに微笑んだ。

「手広く事業を営む義父の名を、夫妻は以前から知っているようでした。実家の両親の不和もよくご存じのようで、心配してくれていました」

はじめは極めて淡々とした口調だった。

「蘋茹の姉の真如は、早くに結婚したものの、出産時に亡くなったそうです。鄭家のリビングには、真如の大きな写真が飾られていました」

「ああ、そうでした。長女の真如の早世は、鄭一家に深く暗い影を落としましたよね」

吉平がそう言うと、蘭玲はしばらく黙った。

「弟の海澄《ハイチョン》は、日本に留学していたのを呼び戻され、中国空軍に志願して雲南省に赴任していると聞きます。下の弟の南陽《ナンヤン》は、医学を学んでいるそうです。鄭家の五人姉弟のうち、ここに住んでいるのは、蘋茹と妹の静芝《チンチー》だけのようでした。それにしても」

蘭玲は急に目を大きく見開いた。声のトーンが急に高くなった。

「従姉さんの成長を目の当たりにして、衝撃を受けました。幼い頃から目鼻立ちの整った可愛い子でしたが、実際に近くで見ると、その存在感は別格で不思議な輝きを放っていました」

「そうでしたか、幼い頃を良く知る貴女から見ても、彼女は輝いて見えたんですね」

「ええ。色白の顔に黒目がちの大きな瞳、血色の良いふっくらした紅《あか》い唇、しなやかな手足。同性から見てもほれぼれする可憐さでした。そんな華やかな容貌を持ちながら、従姉さんは幼い頃と同じに恥ずかしがりやで、しばらくぶりに会う私の前で、妙に照れていました。隣にはまだ幼さを残す妹の静芝が立っていました。従姉さんより十二歳年下の静芝に会うのは初めてでしたが、従姉さんの陰に隠れておどおどした様子でこちらを窺《うかが》っていました。華君おばさまによく似ていました」

吉平も生前の蘋茹を思い出し、次第にしんみりした気持ちになって来た。

「お久しぶりですと、従姉さんは丁寧にお辞儀をしてくれました。新婚なのね、羨《うらや》ましい……、従姉さんからそんなふうに言われて、こちらの方がどぎまぎしました。遊びに来て、昔みたいにゆっくりお話ししたいと言うと、ええ、ぜひ、必ず伺いますと言ってくれました」

蘭玲はティーカップを手に取り、紅茶を啜《すす》ってから、静かにため息を吐《つ》いた。

「でも従姉さんの方から部屋を訪ねてくれることは、ついにありませんでした。従姉さんはいつも朝早く出かけて、夜遅くまで帰って来ませんでした。暇を持て余している私と違って、寸暇を惜しむように活動しているように見受けました。従姉さんの代わりに私の部屋を訪れたのは、同じく暇を持て余している華君おばさまでした」

窓の外からピアノの音色が聞こえてきた。あのロシア人少女の奏でる調べに違いない。追いかけるように繰り返す旋律は、バッハの練習曲だろうか。気のせいか、深い憂いがこめられているように感じる。

ふと隣家の華君のことが気になった。華君は壁越しに息をひそめて、じっとこちらの会話に聞き耳を立てているのではないか。急に落ち着かない気持ちになるが、吉平の住むアパートと違い、頑丈な造りの万宜坊の邸宅で、話し声が漏れるはずもなかった。

「土曜日の午後にブザーが鳴り、扉をあけると華君おばさまが立っていました。隣家を訪れるだけなのに、やけに着飾っていました。上流婦人の間で流行している黒ラシャのマントをはおり、腕には金のバングルをして、大きなサファイアの指輪をしていました。髪はひっつめにして眉毛を太く描き、深みのあるルージュを塗っていました。その迫力ある佇《たたず》まいに圧倒される思いでした」

確かにかつての華君は、いつも過剰なほど着飾っていた。娘を亡くした今、見る影もなく憔悴《しょうすい》しきっているのを思えば、やるせない気持ちになる。

「おばさまは手にいくつもの袋を抱えていて、中には月餅《げっぺい》や胡麻団子《ごまだんご》、油で揚げたシャーチーマーなどが入っていました。どれも一流店の品で、私はありがたく頂戴しました。リビングのソファに腰かけて部屋を隅々まで眺め回されると、夫が留守がちで寂しい思いをしているのを勘づかれてしまうのではないかと、急に不安になりました。がらんとした部屋で一人、私は手持無沙汰《ぶさた》でぼうっとしていました。それがふいに恥ずかしくなったんです」

蘭玲はかすかに頬を赤らめた。

「おばさまは茶を飲みながら、家族についてひとしきり話し続けました。そんなおばさまを見て、この人も私と同じく、実はあまり幸せではないのだと気づきました。出世したご主人と立派に育った子どもたちに囲まれながら、おばさまは、私や私の母とは、また違った不幸を抱えているのだと気づきました」

　蘭玲の観察眼の鋭さに感心する。同時に吉平も観察されているのだと思うと、あらためて身構えてしまう。吉平は背筋を正して、蘭玲の話に聞き入った。

「夫と娘は決して本当のことを話してくれない。私だけいつものけものなの。おばさまはそう言って、大きくため息をつきました。日本人だからなのかしら。いつまでたっても、どんなに努力しても、この国の人にはなれないのかしら。どう思う？　答えられるはずもない難問を、おばさまは私に投げかけ、視線を宙に泳がせました」

「なるほど……華君がそんな思いを抱えていらしたんですね」

　吉平は思わず唸《うな》った。華君はこの問いをひっきりなしに、家族や自身に突きつけてきたのだろう。幸せそうに見えた華君は、常に不安を抱え、人知れず怯《おび》えながら暮らして来たのか。

「華君おばさまの一番の自慢は、やはり蘋茹従姉さんのことでした。出産で亡くなった長女の真如について、しんみり語ったあとに、おばさまは蘋茹のことを話し出し、途端に早口になりました。母親というのは、どうして娘にここまで感情移入してしまうのだろうって、自分の母のことも思い出し、正直なところ、少し苦々しくも感じました」

蘭玲はかなり本音を語ってくれているように思えた。初対面の吉平に、ここまで心を開いてくれるのをありがたいと感じながらも、少し奇異にも感じる。蘋茹のことになると、皆が饒舌《じょうぜつ》になる。それはいったい何故《なぜ》なのだろう。

「あの子には実は立派な婚約者がいるのよ。華君おばさまはふいに顔をほころばせました。お相手は大同中学の二年先輩で、中国空軍のパイロット、第五大隊に所属する歴戦の飛行機乗りなの。そう自慢げに言われたのを覚えています」

「かつて鄭家の居間にも、そのパイロットのお写真が飾られていたように記憶しています。華君のお気に入りだったんですね」

「ええ、そう、そうなんです。何でも大変な倍率を勝ち抜いて合格し、そのまま空軍に入隊したのだとか。家族の認めたれっきとしたフィアンセなのだと。早く一緒になりたいと言われているけれど、平和が戻るまで待っていただいているのと、嬉しくて仕方ないという表情でした。私も写真を拝見しましたが、がっちりした体軀《たいく》に育ちの良さそうな方でした。でも少し驚きました。だって、少し前にも蘋茹は、日本の大貴族との色恋沙汰で騒がれていたからです」

日本の大貴族というのは、近衛首相の長男・文隆のことだ。近衛文隆に接近するよう国民党中央執行委員会調査統計局から指令が下り、蘋茹は彼に近づいた。当初の目的は文隆を籠絡《ろうらく》することだったが、二人は出会いがしらに恋に落ち、離れがたい関係になった。蘋茹までもが一目ぼれして、相手にぞっこんになってしまった。

「あんな立派なフィアンセがいるのに、日本の大貴族と派手なスキャンダルを巻き起こして、今度は特務工作機関の大物の愛人になるなんて。フィアンセは知っていたのでしょうか。いや、知るはずないですよね。蘋茹従姉さんに、そんな大胆なことができるなんて。信じられない気持ちでした。それ以来、ビュイックで送られてくる従姉さんに、目を凝《こ》らすようになったんです」

蘭玲の口調が湿り気を帯び、かすかな怒りを孕《はら》んでいるのに気づく。

「なるほど……仰《おっしゃ》りたいこと、わかります」

吉平が同意すると、蘭玲は安堵したように小さく吐息を漏らした。細い指が微《かす》かに震えていた。ピアノの旋律が叩きつけるような強い調子に変わった。

蘭玲はふいに立ち上がると、青絵の深鉢に茶色の粉を撒《ま》いた。尾ひれを揺らしながら金魚が水面に集まってきて、水しぶきが上がった。口を大きくあけ、あっという間に餌《えさ》を飲みこんでいく。

「見事な金魚ですねぇ」

「義父が大切にしているのを分けてもらいました。毎日眺めていると、可愛く見えるものですね」

吉平が感心して呟《つぶや》くと、蘭玲は無表情のままそう答えた。

ふと、この人は何故、面会を承知したのか、あらためて気になってくる。何か重荷を抱えているのではないか、吐き出したいことがあるのではないか、そんな気がしてならなかった。それならなおのこと、注意深く耳を傾けなくてはならない。吉平は直感した。

饒舌《じょうぜつ》な千恵子と暮らすようになり、彼女の他愛ないおしゃべりに耳を傾けながら、言葉の端々に重要な情報が含まれていることに日々驚かされている。蘭玲の発するサインも、決して聞き漏《も》らしてはならないように思えた。

「華君から依頼を受けたのは事実ですが、貴女に不利になるような情報を、他言するつもりはないです。ご安心ください」

吉平がそう言うと、蘭玲は虚を突かれたようで、頼りなげな視線を泳がせた。

「ちなみにあなたは、蘋茹が実は生きているという噂を、聞いたことがありますか」

思い切って尋ねてみると、蘭玲は口の端をきりりと上げて、強い口調で否定した。

「えっ、何ですって。蘋茹が生きているという噂があるんですか。聞いたこと、ありません。ただ……」

「何かご存じなら、ぜひ教えていただけないでしょうか」

吉平が問い詰めると、蘭玲は首を横に振った。

「いえ、残念ながら、私は何も存じません。ただ私も、彼女は生きているのではないかと思えてならないことがあります。処刑場まで連れていかれたけれど、彼女を憐《あわ》れに思う人の手引きで逃がされ、今も匿《かくま》われているのではないかと」

吉平は膝を乗り出して再び尋ねた。

「そんな噂を聞いたことがあるんですね？」

蘭玲は残念そうに首を振った。

「いえ、あくまで私の個人的願望です」

蘭玲は唇を嚙み、考え込む素振りをした。そして声を潜めるように話しはじめた。

「あれはクリスマス前夜の朝食時だったと思います。今も鄭蘋茹と付き合いがあるのかねと、夫が唐突に私に尋ねたんです。自分が好き放題をしているせいか、彼は今まで私の生活や交友関係に口を挟んできたことはなかったので、何を言い出すのか、訝《いぶか》しく感じました」

蘭玲は遠くを見るまなざしをした。まるで吉平を透かして、別の誰かを見ているようだった。

「鄭蘋茹が、ジェスフィールドの丁黙邨《ていもくそん》の暗殺に失敗して、家に逃げ帰ったらしい。今も隣家で、息を潜めているはずだ、夫はそう言ったんです。絶句しました。あの恥ずかしがり屋の蘋茹が、暗殺未遂だなんて。にわかには信じられませんでした。蘋茹はどうなるのと尋ねると、夫は険しい顔をして言いました。もし蘋茹がどこかに逃げたなら、奴らは見せしめとして、鄭一家を皆殺しにするだろう、そんなことになったら、我が家にも害が及ぶかも知れない、そう言ったんです」

浩宇の父親は、熱心な国民党の支持者だという。莫大な資金援助もしてきたらしい。表向きはそれを隠して、日本軍とも商売をしているそうだ。ジェスフィールド76号は、良い取引先でもあった。だが彼が、それ以上に頼りとしているのは、青幇《チンパン》の首領だという。表と裏の顔を使い分けながら、上海の実業界を巧みに泳いできた鵺《ぬえ》のような人物なのだ。だからこそ情報は間違いないはずと蘭玲は確信したのだろう。

「皆殺しだなんて。どうしてそんなことに……言葉を失いました。鄭鉞おじさまに華君おばさま、それにまだ幼い静芝の顔が次々に浮かびました。どうすれば一家を助けられるの？　夫を問い質《ただ》すと、自首するしかないと、忌々《いまいま》しそうに答えました。その冷徹な口調が、未だに耳に残っています。表面は優しそうに見えて、実は残忍なところのある人だとあらためてよくわかりました」

見ると蘭玲は、目にうっすら涙をためていた。

「自首したらどうなるんですか。命は助かるんですか。そう詰め寄ると、夫は顔をしかめて呟《つぶや》きました。鄭鉞の対応次第だなと。鄭鉞が裏切り、日本軍に阿《おもね》ったなら、おそらく釈放されるだろうと。ではもしそうしなければ、一体どうなるんですか。必死に食い下がりました。夫はその問いには答えず、私を無言で見つめて、首を横に振りました。ともかく、隣家には絶対に近寄るな。厳しい口調でそう言うと、立ち上がり、出て行ってしまいました」

蘭玲は深い吐息をつき、眼のふちを指で拭《ぬぐ》った。

「口調が義父にそっくりで。怖くてそれ以上聞けませんでした。夫がこの問題にこれ以上関わりたくないのは明らかでした。夫はその晩もしたたかに酔って夜更《よふ》けに帰ると、倒れこむように眠ってしまいました。私と話がしたくないのは、明らかでした」

窓の外は次第に茜色《あかね》に染まり、部屋の中までひたひたと夕日が滲《にじ》んで見えた。カーテンもテーブルも椅子までも、何もかも赤く染まってしまうのではないかと思うほどの鮮やかな夕焼けだった。日が短くなったな。吉平は独りごちた。ふとトレンチコートの姿の蘋茹の後ろ姿が、脳裏をよぎる。蘭玲はそのまま話を続けた。

「それから数日後でした。玄関のブザーが鳴ったのは。扉を薄く開けると、従姉さんが立っていました。エンジ色の厚手のオーバーコートを着て、黒のパンプスを履いていました。髪は洗いたてなのか少し乱れていましたが、念入りに化粧して、深紅の口紅と太めのきりりとした眉が良く似合っていました。まるでこれから雑誌の撮影にでも出かける女優のような身なりでした」

「そうでしたか……出頭する前に、貴女に会いに来たんですね」

蘭玲はしんみりした様子で話し続けた。

「ええ。出かけなくてはならないの。大事な用事があるのよ。従姉さんは、笑みを浮かべながら言いました。声もいたって落ち着いていて、少しも取り乱してはいませんでした。清楚な印象は変わらず、暗殺を企てるような女性にはとても見えませんでした」

蘭玲は小さくため息をついた。その頃の吉平は、何も知らず拘留されたまま天井を睨《にら》み、早く脱出したいとばかり考えていた。自身のふがいなさに無性に腹が立った。

「少し長く留守をするかも知れない、母のことが心配で、貴女にお願いしてから出かけようと思ったの。従姉さんはそう言うと、すがるようなまなざしを私に向けました。気丈なふりをしても母は脆《もろ》いところがある人で、強いようで弱いの、だから心配なのと、華君おばさんのことを、とても案じていました。自首を止めなければと、私は一瞬強く感じました。でも、どうしてもできなかった、言い出せなかったんです……」

蘭玲はがっくり肩を落とした。

「蘋茹が逃げたのなら、見せしめとして、奴らは鄭一家を皆殺しにするだろうという夫の恐ろしい予言と、隣家には絶対に近寄るなという厳命を思い出して、震えが止まらなくなりました」

吉平もいつのまにか拳《こぶし》を握りしめていた。背中のあたりにぐっしょり汗をかいていた。

「おばさまのことは、私に任せて。そう言うのがやっとでした。従姉さんの目を見ると、茶色い瞳は澄んでいて濁《にご》りがなく、覚悟を決めた人のまなざしでした」

「そうでしたか……」

何で止めてくれなかったのだろう。鄭鉞が裏切ったりする人物ではないのを、蘭玲も知っていただろうに。結局彼女も、蘋茹を見殺しにしたのだ。吉平は怒りさえ覚えたが、それを口にしてはいけないと、必死に堪えた。

「安心して出かけられるわ、ありがとう……従姉さんは微笑《ほほえ》みながらそう言いました。淋《さび》しい微笑みでした。できるだけ、早く戻ってあげてください。私がそう言うと、もちろん、そのつもりですと軽やかに言って、踵《きびす》を返し颯爽《さっそう》と歩いて行きました。お帰りをお待ちしてますと呼びかけると、一瞬振り返って、名残惜《なごりお》しそうな顔をしましたが、すぐにきりりとした表情に戻り、マロニエ並木を歩いて行きました」

茜色の空は次第に紫に変わって行く。やがて群青《ぐんじょう》から瑠璃《るり》色に、濃紺へと染まって行った。

「まるでフランス映画の一シーンのようでした。エンジ色のオーバーが夕暮れにまぎれるまで、私は立ちつくして、その姿をいつまでも見送りました」

翳《かげ》りゆく部屋の中で、蘭玲もまたぼやけて輪郭《りんかく》を失っていく。すすり泣く蘭玲の姿が、闇の中で次第に遠のき、小さくなっていく。その消え入るような姿を、吉平はぼんやり見つめていた。

中統工作員　鄭蘋茹《テンピンルー》　第二の指令　一九三九年夏

空高くむくむくと積乱雲《せきらんうん》がわきあがっている。夕立が来るのだろうか。耐えきれないような蒸し暑さが、少しはやわらいでくれると良いのだが。

一九三七年の夏のことを何度となく思い返す。あの夏もひどく暑かった。窓が震えるほどの鈍い地響きがしたかと思うと、バーンという不吉な音が聞こえた。雷のようにも思えたが、気象現象でないことはすぐにわかった。厚い雲の中を、何機もの爆撃機が飛んでいた。日本の海軍中尉と水兵が、中国保安隊によって射殺されるという事件をきっかけに、日本と中国は交戦状態に入った。第二次上海事変である。愛する故郷の上海が、母の祖国である日本に蹂躙《じゅうりん》され、襲われている。恐ろしかった。同時に今まで以上に責任を痛感した。中統のメンバーになる決意をした直後だったからだ。

中国軍は直ちに反応して、空軍は空から黄浦江上に浮かぶ第三艦隊旗艦や海軍陸戦隊に猛爆を浴びせた。日本軍は海上からの砲撃に加えて、台湾や長崎から爆撃機を飛ばして上海を攻撃した。大混乱に陥った上海では、誤ってフランス租界にも爆弾が落とされて、多くの建物が破壊され、二千人もの死傷者が出る事態となった。

日本軍は上海派遣軍を正式に編制、「支那軍の暴虐を膺懲《ようちょう》し、もって南京《ナンキン》政府の反省を促すため」との声明を発表した。戦争目的は、抗日運動を根絶し「日満支三国間の提携融和」をはかるためと述べた。これによって盧溝橋《ろこうきょう》事件直後の不拡大方針は放棄され、全面的な日中戦争の突入を政府として確認した。

一撃でやっつけてやると日本軍の誰もが楽観していた戦闘が、中国軍の頑強な抵抗に遭い、参謀本部は次々新しい兵力を投入せざるをえなくなった。

鄭《テン》一家の住む万宜坊《まんぎぼう》のすぐそばにも爆撃があった。閃光《せんこう》が炸裂《さくれつ》したかと思うと、耳をつんざくような激しい音が響き渡った。部屋の中で母と手をつないで机の下に隠れた。泣きたいほど怖かったが、嗚咽《おえつ》する母の姿を見ていると、しっかりしなくてはと思い直した。半日ほどして恐る恐る家を出て様子を見に行くと、昨日まで赤や黄色の鮮やかな花々で飾られていた邸宅の屋根が撃ち抜かれ、室内が剝《む》き出しになっている。焦《こ》げた煉瓦《れんが》が散らばり、無残な瓦礫《がれき》の山と化していた。

火薬の燃えるような燻《くす》ぶった匂いの中で、頭の中がまっ白になりしばらくぼんやりしていたが、瓦礫の中に銀食器が散乱しているのが目に入ってハッとした。植木鉢もいくつも転がっていた。ベランダに飾ってあった観葉植物が、爆風でなぎ倒されて、鉢だけが残ったのだ。思わず瓦礫の中に跪《ひざまず》くと、鉢の下から写真立ても見つかった。指で砂を拭《ぬぐ》うと、ブロンドの少女が微笑《ほほえ》んでいた。顔見知りの女の子だった。毎朝三つ編みの髪にリボンを付けて、自転車で颯爽《さっそう》とフランス租界を駆け抜けて行ったあの少女に違いない。どうか無事でいて欲しい。祈るような気持ちで写真立てをそっと戻した。

ふと見ると瓦礫の山の片隅に、赤い首輪を付け灰を被《かぶ》った猫が、怯《おび》えたような表情でこちらを窺《うかが》っている。この家の飼い猫だろうか。手を伸ばすと、うーっと哀れな唸《うな》り声をあげ逃げ去って行った。

戦闘で最も手ひどい痛手を蒙《こうむ》ったのは、言うまでもなく貧しい市民だ。ガーデンブリッジをはじめとする各橋は、家を追われ租界に逃れようとする避難民でごった返し、小さな路地にいたるまで、行き場のない人々であふれかえっていた。避難民はわずかな空き地を見つけると運んできた家財道具で防壁を築き、その空間を占拠した。家を焼けだされ着のみ着のままで逃げてきた彼らを、誰も非難することはできない。虚《うつ》ろな目をした避難民に手を差し伸べようとしても、誰もが明日は我が身で、放心したようになすすべもなく見守るしかなかった。

しばらくすると溝やドブは彼らの排泄物《はいせつぶつ》で埋まり、租界中に強烈な臭気が立ちこめた。餓死者や病死者も多数発生して、工部局の死体回収車が死体を毎朝回収してまわった。そんな地獄絵図のような景色にも、人々は次第に慣れていったのだ。

＊

あれから二年が経つのか――。日本との戦いは膠着《こうちゃく》状態で、テロと殺戮《さつりく》が続き、血の匂いのしない日はない。上海のいたる所に目つきの悪い日本の憲兵が立ち、黄浦江《こうほこう》には毎日死体が浮かんでいる。この闘いはいったいどこへ行きつくのだろう。明日が見えない。蘋茹《ピンルー》はふうとため息を吐く。

――**丁黙邨《ていもくそん》に近づき、情報を盗み出せ。**

蘋茹が受け取った第二のミッションは、想像しうる限り、最も過酷な指令だった。

文隆に本気で恋をしてしまったことへの、これは罰だ……そう解釈した。断るという選択肢などありえなかった。

丁默邨には少し前に出会っていた。きっかけは熊剣東《ゆうけんとう》の救出をめぐってだった。ゲリラ活動を行って、日本軍を散々悩ませてきた熊剣東という男が、上海憲兵隊に逮捕された。しぶとく徹底抗戦を繰り広げてきた人物が、よりによって憲兵隊の罠《わな》にはまってしまった。剣東は三十八歳、妻の逸君《いっくん》と蘋茹は以前から面識があった。負けん気が強く、少し癖のある女だった。

「貴女《あなた》なら日本軍に顔が利くと思って。お願い、夫を助けて欲しいの」

逸君が蘋茹の家にやってきて、殊勝《しゅしょう》な風情《ふぜい》で頭を下げた。むげに突き放すわけには行かなかった。蘋茹は自分を中統にスカウトした陳宝驊《ちんほうか》に、すぐ相談に行った。他に相談できる人物は見当たらなかった。

「熊剣東は、我々にとって大事な人材だ。見殺しにはできない。救い出さねば」

宝驊はしばらく考え込んでいたが、そう呟《つぶや》くと、声を低めて言った。

「いま日本軍は、対重慶特務工作機関を作ろうとしている。その主任に任命されるのは、丁默邨という男だ。副主任になるのは李士群《りしぐん》という。熊《ゆう》の処分にあたって、この二人が鍵を握っている。君の人脈で、二人に近づけないだろうか」

宝驊の説明によれば、丁默邨は国民党ＣＣ団の元メンバーで、かつて蘋茹の通っていた民光中学の理事長を務めていたという。民光中学は、満洲事変勃発《ぼっぱつ》から十ヶ月足らず後にできた男女共学の私立学校で、瀟洒《しょうしゃ》で都会的な校舎が特徴的だった。そんな表向きの顔を持ちながら、実はＣＣ団の経営する国民党員養成機関でもあった。優秀で忠実な党員養成が求められていた。大同中学に通っていた蘋茹は、創立間もない民光へ転校することになった。万宜坊から直線でほんの一キロほどの場所にあり、通学には極めて便利だった。

李士群というのは、元々は共産党に入党し、転向して国民党の情報員として、上海憲兵隊の密偵をしていたという。わけありの経歴を持つ二人が、今や日本軍の特務機関のツートップになろうとしていた。

彼らに近づくのはたいそう難問だ。父親の鄭鉞《テンユィエ》には言わないようにと宝驊から堅く口止めをされた。父を頼らないとすれば、どうすればよいのだろう。蘋茹には一つだけ心当たりがあった。母を通して知り合った憲兵隊分隊長の藤野鸞丈《らんじょう》少佐という人物だ。

藤野少佐は蘋茹に少なからず好感を持っていた。もちろん蘋茹が中統工作員だなどと知るはずもない。熊《ゆう》を釈放するほどの権限は藤野にはない。だが丁黙邨と李士群に会いたいと言えば、知恵を貸してくれるかもしれない。そう思いついた。

幸いにも藤野少佐は、蘋茹の厄介な頼みごとを引き受けてくれた。つてを頼って、丁黙邨と李士群との面会の手はずを整えてくれた。しかも熊剣東の釈放についても話を通してくれるという。

蘋茹は少佐から地図を渡された。南京路の一角に、対重慶特務工作機関の準備事務所があるという。東亜通商という日本の貿易会社の支店を借りているらしい。

「必ず一人で行くように」

藤野少佐はそう強く念を押した。

南京路に面した古いビルの五階に、東亜通商上海支店はあった。蘋茹は約束の時間の十分前に到着しブザーを鳴らした。少佐の名を告げると、しばらくして色白の体格の良い男が扉を静かに開けた。昼間だというのに事務所は薄暗かった。

「藤野少佐のお知り合いですね」

「よろしくお願いいたします」

頭を下げると男は穏やかに微笑んだ。男は李士群と名乗った。意外なほど愛想のよい人物だった。

間口は狭いものの、事務所の奥行きはあり、案外広かった。机の上や書棚には、書類が雑然と並んでいた。部屋の奥にもう一人、小柄で痩《や》せぎすの男が座っていた。李士群とは対照的に、にこりともしない陰気な男だった。目は蛇のように冷たく光り、剃刀《かみそり》のような陰惨な気配を漂わせている。丁默邨に違いない。蘋茹には一目でわかった。

默邨は目的のためには手段を選ばない残忍な男として恐れられている。そんな彼にぎろりと睨《にら》まれ、蘋茹は震えあがった。噂どおりの冷徹なまなざし、独特の威圧感にたじろぎながらも、蘋茹はつとめてにこやかにふるまった。

「先生は民光中学の理事長を務めていらしたのですよね。私は民光中学で一時期学んでおりました」

蘋茹が丁寧にゆっくり話すと、默邨は、はっとした表情をした。そして蘋茹の姿を、あらためてじいっと見つめた。

「ほう、君は、あの学校に在籍していたのか」

黙邨の表情が少しだけ緩《ゆる》んだ。

「それは奇遇だ」

「よろしくお願いいたします」

蘋茹が頭を下げると、黙邨は何も言わずに微かに頷《うなず》いた。

間もなく熊剣東は上海憲兵隊から釈放され、ジェスフィールド76号に移管されることになった。当面は軟禁状態に置かれるが、いずれ釈放される見込みと言われた。ここまで巧《うま》くいくとは思いもしなかった。驚くと同時に、黙邨の力を思い知らされた。

これが黙邨との出会いだった。工作員として彼に近づけという指令が届くとは、その時の蘋茹は知る由《よし》もなかった。

街で黙邨に声をかけられたのは、ミッションが下りた直後だった。

「おや、鄭《テン》さんじゃないか」

黒塗りのビュイックが蘋茹の前で静かに停《と》まり、窓から青白く痩せた男が、ぬうっと顔を出した。南京路のデパートで、夏物のブラウスとサンダルを買った帰りだった。

「あら丁先生。熊剣東の件では、大変お世話になりました。ありがとうございました」

蘋茹は立ち止まって深々とお辞儀をした。薄暗い事務所の一室で見た、陰気な黙邨の印象とはずいぶん違い、その日の黙邨は妙に機嫌良く、にこやかだった。この男でも、こんなに無邪気に微笑《ほほえ》むことがあるのかと意外な気がした。黒いスカートからのぞく蘋茹の脚を、黙邨はちらちらとまぶしそうに見ていた。

「今度事務所に遊びにいらっしゃい。電話をくれたら、いつでも歓迎しますよ」

黙邨は名刺を差し出した。「特工総部主任　丁黙邨」と書かれてあった。

黙邨から声をかけられるなんて。皮肉な偶然だった。絶好の機会を逃がすわけには行かない。これはもう運命なのだ。蘋茹はごくりと唾《つば》を飲み込んだ。ひんやり覚悟が固まって行った。

「丁先生、ありがとうございます。本当ですか。伺ってもよろしいのでしょうか」

「もちろんだとも。必ずいらっしゃい。お待ちしていますよ」

黙邨は歯を見せて嬉しそうに微笑んだ。残忍な男として恐れられている黙邨が、蘋茹の前でこんな無邪気な表情をするとは。思いもよらなかった。この男には別の一面があるのだろうか。少しだけ黙邨に興味を覚えた。

「それじゃあ、また」

黙郁はそう言うと、軽く手をあげた。窓が閉まり、黒いビュイックは走り去った。

数日後、名刺に書かれた番号に電話をしてみると、女性交換手が出た。少しの間待たされてから、ようやく黙郁が電話口に出た。あたりをはばかる気配がした。黙郁はコホンと小さく咳《せき》をしてから、押し殺したような声で話しはじめた。

「ああ、君か。ちょっと今、会議中でね」

この前とは打って変わり不機嫌な声だった。元の黙郁に戻っていた。嫌な気がした。

「失礼しました。またかけ直します」

慌てて詫《わ》びると、黙郁は早口で言った。

「いや、いい、いいんだ。明後日の午後、七時はどうかね。四川北路の料亭で待っている。会議が終わったらすぐ駆けつける。いいね」

有無を言わせぬ言い方だった。強引な人柄が、透けて見えるようだった。覚悟はできていたはずの蘋茹も、身体《からだ》が小刻みに震えた。

「わかりました。必ず伺います」

受話器を置いた時には、掌《てのひら》に汗がじっとり滲《にじ》んでいた。

黙邨に最初に連れていかれたのは、四川北路の桃渓《ももたに》という料亭だった。日本陸軍御《ご》用達《ようたし》で、日本人実業家が経営していた店を、軍が高値で買い取ったらしい。風格ある立派な料亭だった。女将《おかみ》におさまっているのは、黙邨が贔屓《ひいき》にしている長崎出身の日本女性だった。

ブザーを鳴らし、黙邨との待ち合わせと告げると、簡素な竹の扉が静かに開いた。

「お待ちしておりました」

濃紺の無地の着物をまとい、銀の帯を締めた地味な中年女が、恭《うやうや》しく出迎えた。

「先生はもういらしております」

扉の先には美しい日本庭園が広がっていた。青々と茂る樹々に見とれながら、蘋茹は中年女に導かれ石段を歩いて行った。母屋にたどり着き、玄関で靴を脱ぐと、中年女が素早い動作でそれを直した。細長い廊下を歩いて行くと、松風と名札の付いた部屋の前で女はつと立ち止まり、跪《ひざまず》いて襖《ふすま》を開けた。

落ち着いた清潔な和室に、顔色の悪い小柄な丁黙邨が座って酒をすすっていた。部屋からはこぢんまりした日本庭園が一望できる。蘋茹は思わず歓声を上げた。

「おお、来たか。待ちわびていましたよ」

丁黙邨は上機嫌だった。

「さあ、そこにお座りなさい」

気おくれする蘋茹に向かって、黙邨はにこやかに語りかける。窓越しには、優しい緑が広がる。何もかも見事に調和し、静寂に包まれていた。これが母の語る日本の美というものなのか。威張りくさった日本の憲兵とは対極の美の世界が、目の前に広がっていた。

「素晴らしいお庭ですね。母は日本人ですが、こんな立派なところに来るのは初めてです」

黙邨は嬉しそうに微笑んだ。日本酒を勧められ、蘋茹も口にすると、廊下に面した襖が、音もなくすうっと開いた。薄紫の着物をまとった若く華奢《きゃしゃ》な女性が、しずしずと部屋に入り、丁寧にお辞儀をした。

「ようこそおこしくださいました」

色白で首が長く、端整な目鼻立ちの女だった。膝前に手をついて、深々と頭を下げる。まるで日本人形のようだ。指も長く美しい。流れるような所作も完璧だ。

「今夜はどうか、ごゆるりとお過ごしください」

女は一瞬蘋茹の顔を凝視したが、すぐに目を伏せた。再び手をついて、緩やかな曲線を描いて深々とお辞儀をしてから、部屋を退出した。

「美しい方ですね」

「なに、君だって、十分美しいさ」

黙邨はそんなことを言うと、蘋茹の顔をあらためてまじまじと見つめる。

「私は日本女性が好きだ。礼儀正しく、奥ゆかしいところが好きだ。自己主張しないところがいい。君も非常に日本的だ。お母上からの薫陶《くんとう》なんだろう」

黙邨は日本女性のイメージと蘋茹を重ねて、勝手に幻想を抱いている。滑稽《こっけい》に思えるが、中統工作員としては、黙邨の勘違いはむしろ都合良かった。蘋茹は静かに微笑みながら、黙邨の話に耳を傾けた。どこからともなく微《かす》かな鈴の音《ね》が聞こえてくる。庭を見やると、すかさず黙邨が答えた。

「あれは風鈴《ふうりん》と言ってね、ガラスでできた球形の器に糸を通して、重しをつけて軒下に吊るすんだよ。風に揺られて、実に涼し気な音がするんだ」

「心地よい音ですね」

「日本の夏は、上海同様ひどく蒸し暑い。そんな夏に、少しでも涼を取り入れるための工夫だそうだ」

二人はしばらく風鈴の音に耳をすました。

黙邨は上機嫌で酒を飲み続けている。部屋には次々と料理が運ばれて来た。刺身に野菜の炊合せ、豆腐、天ぷらが並べられた。どれも上品な薄味で、たいそう美味だった。母親の作る家庭料理とは、まったく異なる味わいだった。

「君も知っているだろうが、上海には長崎出身の人間が非常に多い。桃渓というのは、長崎にある橋の名前だ。歴史のある石橋らしい。たいそう趣のある橋だそうだよ」

黙邨はそう言うと、庭に目をやった。遠くからせせらぎの音が聞こえる。

「女将も長崎出身でね、若いのに苦労をしてきた。事情があり、上海に逃げて来たんだ。この街にやってくる日本人は、みんな消したい過去があるんだな」

黙邨は意味ありげな笑みを浮かべ、急に神妙な顔つきになった。

「これからも時々会ってもらえないか。君のことをもっと知りたい」

とっさに答えられない蘋茹に向かって、黙邨は念を押した。

「なに、あの女将のことは気にする必要はない。十分に良くしてやっているからね」

皮肉めいた口調で、黙邨はそんなことを呟《つぶや》いた。

雲の切れ間から月が顔をのぞかせて庭を照らしている。庭の緑が反射して、黙邨の青白い顔がいっそう蒼《あお》ざめ凄惨《せいさん》に映る。蘋茹も庭を見つめた。闇の中に文隆の顔が浮かぶ。続いて王漢勳の姿が、浮かんで消えた。

情報を盗《と》るために黙邨の愛人になる……それは蘋茹に課せられた任務だった。

上海で成功した男たちは、妻の他に多くの愛人を囲い、半ば勲章のように讃《たた》えられる。だが女が浮名を流すとふしだらと言われ、売女《ばいた》と罵《ののし》られる。蘋茹も蔑《さげす》みのまなざしで見られるだろう。強くならなくては。蘋茹は、居住まいを正した。

「はい、私も、またお目にかかりたいと思っております」

黙邨は心の底から嬉しそうにして、顔を綻《ほころ》ばせた。机の下で黙邨の手が、ふいに蘋茹の脚に伸びた。慣れない正座でしびれかけていた脚が、ぴくりと反応した。嫌悪感が一瞬身体中に走った。遠くから夜啼鳥《よなきどり》の甲高い声が響いた。

父の鄭鉞《テンユィエ》はひどく苛立《いらだ》っていた。娘が黙邨と時々会うようになったのを、誰かに忠告されたか、或《ある》いは娘の様子から、異変を察したに違いなかった。

「あいつは危険な奴だ。わかっているだろう、これ以上深入りするな」

「もちろん、わかっています。気をつけます」

「お前に何かあったら、私たちはとても生きていけない。無茶なことはするな」

「無理なことは絶対にしません。彼に会った日には、必ずお父さんに報告します。信じてください」

そう言って父を安心させるしかなかった。

もし鄭家の住まいが中国人街にあったのなら、蘋茹と黙邨の親密な交際を近隣住人からも批判され、攻撃されたかもしれない。

「漢奸《かんかん》の家！」

そう罵《ののし》られて、無事では済まなかっただろう。

だが万宜坊《まんぎぼう》は国際色豊かで、プライバシーを詮索するものはほとんどいなかった。何より家長の鄭鉞が、日本の傀儡《かいらい》政権に目の敵にされながら決して服従せず、正義と名誉を守り抜く高等法院の検察官であることが、一家の安全を守っていた。華君《ホアーチュイン》も蘋茹も、鄭鉞をどれだけ誇りに思っているか知れなかった。

料亭で黙邨が襲われたという知らせが届いたのは、料亭での面会から一週間も経たない時だった。日本軍将校との宴会が終わり、出迎えのビュイックに乗り込む瞬間、黙邨は危うく銃撃されそうになったという。素早く気づいた女将の機転により、難を逃れたらしい。ただならぬ殺気を察知した女将が、黙邨を車に押し込み、代わりに自身が銃弾を受けたという。薄緑色の着物が赤く染まり、女将はほぼ即死だったらしい。

「あの美しい人が、黙邨の身代わりになったというの」

蘋茹は絶句した。おそらくは中統の仲間のやったであろう凶行に、言葉を失った。

「君に逢《あ》いたい」

黙邨から悲痛な電話がかかってきたのは、襲撃の三日後だった。

どうしても君に逢いたいんだ――。黙邨の声はふるえていた。今までの有無を言わさぬ口調とは、明らかに違って弱々しかった。

「わかりました。お伺いします」

「そうか、逢ってもらえるんだね」

受話器の向こうから、安堵のため息が漏れた。

「明日夕刻五時に、アスターハウス・ホテル七〇五号室で待っている」

電話はすぐに切れた。

翌朝蘋茹はいつもより遅く起きて、ゆっくりシャワーを浴びた。時間をたっぷりかけて入念な化粧をした。お気に入りの赤か緑のワンピースを着ようと考えたが、結局黒のブラウスに黒いタイトスカートを穿《は》いていくことにした。身を挺《てい》して黙邨を守った女に、少しばかりの弔意を示したかった。母からもらった真珠のイヤリングと、翡翠の指輪も身につけた。お守りのつもりだった。

ガーデンブリッジのたもとに立つアスターハウス・ホテルは、ヴィクトリア朝バロック様式で建てられた重厚で堅牢《けんろう》な建築物だ。小野寺機関の集まりで出向いた場所でもある。

その部屋の一室で、黙邨に抱かれた。

ブラウスを強引にはぎとられ、ベッドに押し倒された時、真珠のイヤリングの片方がベッドの下に転がった。

「君が好きだ。手放したくない」

耳たぶから首すじ、胸もとに舌を這《は》わせながら、黙邨は囁《ささや》き続ける。足をいきなり高く持ち上げられ、ふくらはぎから足の指まで、隅々を舐《な》めまわされた。ひどく手馴《てな》れたしぐさだった。蘋茹は麻酔にかかったように、不思議に嫌悪感を覚えなかった。

どれくらいそうされていただろう、玩具《おもちゃ》に飽きた子どものように、黙邨はふいに脚を放すと、蘋茹の身体に深く侵入した。腰を突き上げられ、身体を貫かれながら、蘋茹は窓の外を眺めていた。二十二階建てのブロードウェイ・マンションの部屋に、あかりが灯《とも》る頃だった。上海で最も高層で、最先端と言われる高級マンションだった。

黙邨は低いうめき声をあげると、ようやく蘋茹の身体を離した。荒い息をつきながら、汗を拭《ぬぐ》った。

「あの女将は、姿子《しなこ》という名前でね。ブロードウェイ・マンションの二十階に住んでいたんだ。上海の一望できる部屋だった」

ウエーブのかかった蘋茹の黒髪を撫《な》でながら、黙邨は呟《つぶや》く。蘋茹の視線の先に気づいていたのかもしれない。

「上海の夜景を眺めながら、いつも彼女を抱いた」

黙邨は自嘲《じちょう》めいて言う。

「まるで上海すべてが、俺の支配下にあるような気がしたよ」

男の背中に回された女の白く長い指が眼前に甦《よみがえ》る。黙邨の頬につと一筋の水滴が伝わった。汗とも涙とも知れなかった。黙郁の頰《ほお》を舌で拭《ぬぐ》うと、甘酸っぱい味がした。

そのまま二人とも放心したようにベッドに横たわっていた。

黙郁は死の匂いを濃厚に漂わせる男だった。誰をも信じず、誰をも頼らず、たった一人生き抜いてきた。蘋茹は男の纏《まと》う底知れぬ虚無にうろたえた。奈落の底に引きずり込まれないよう、必死に歯を食いしばった。

同時に性愛というものを初めて知った。それは文隆への恋心や王漢勲への敬愛とは、まったく異質のものだった。後ろめたい気持ちが、逆に肌を粟立《あわだ》たせる。蘋茹の身体は知らぬ間に潤い、部屋のシーツをひどく濡らした。愛と呼ぶにはあまりにやるせなく、名状しがたいものだった。

気だるそうにしながらも、先に身体を起こしたのは黙郁だった。

「君のご家族が心配するだろう、そろそろ送って行くよ」

促されて時計を見ると、もう九時近かった。

「君は良家の子女なんだから。ご両親を心配させてはいけないよ」

蘋茹の身体を散々弄《もてあそ》びながら、黙郁は皮肉な笑みを浮かべて、そんなことを言う。

鄭家の門限は、十時と決められていた。文隆との逢瀬《おうせ》の時には破ってしまったこともあるが、これ以上、父を心配させたくはなかった。

あわててシャワーを浴び、髪をブラシで整え、服を着て化粧を直すと、何ごともなかったようにビュイックに乗り込んだ。

「また会ってくれるね」

黙邨は名残惜《なごりお》しそうに、車中でも蘋茹の腕をずっと撫《な》でさすっていた。運転手がちらちらとこちらを見るのが気になったが、そんなことはお構いなしで、腕を放さない。

万宜坊に到着すると、黙邨は急に表情を硬くした。ひどく警戒している様子で、車中から一歩も出ようとしない。蘋茹が車外へ降りると、素早く扉が閉まり、ビュイックは猛スピードで走り去った。桃渓での襲撃があったばかりだから、仕方ないのかもしれないが、用心深さ、臆病さが際立つように思えた。疾走するビュイックを見送って、すぐに父親の書斎に報告に行った。

「無事に戻りました。お食事をごちそうになりました。何もご心配されるようなことはないです」

父は蘋茹の顔を見ようともしない。

「大した情報は得られなかったけれど、料亭の襲撃、とりわけ女将の死亡に、衝撃を受けていました」

ただ黙って頷《うなず》くだけだった。勘の強い鄭鉞には、何もかもお見通しだったのだろう。

蘋茹はその後も黙邨から呼び出されると、アスターハウス・ホテルの部屋に向かった。帰りは必ず門限前にビュイックで万宜坊まで送ってもらう。あるとき黙邨は別れ際に、こんなことを言った。

「お前の父親は、なぜ我々の和平工作に協力しないのだろうね。このままでは、76号が何をしでかすかわからないよ」

「どういう意味ですか」

蘋茹は声を荒らげた。

「もちろん私だって、愛する君の父親に、手荒な真似《まね》はしたくないさ。だからあくまで、単なる忠告だよ。お父上によろしく」

ビュイックが走り去るのを見届けて、蘋茹は父の書斎に駆け込んだ。心の底から怒りがこみ上げて来た。

「お父さん、今日も黙邨と会って来ました。何もご心配することはありません。でも」

蘋茹は早口で言った。

「76号が何をしでかすかわからない、ですって。これは脅迫に等しいですよ。くれぐれもお気をつけて」

父は蘋茹をちらっと見たが、いつもと変わらず冷静だった。娘の伝言を鼻で笑い、顔色一つ変えようとはしなかった。蘋茹は無力感に苛《さいな》まれた。

黙邨に何度も呼び出され、その度に身体《からだ》を重ねる……勘の鋭い父が、気づいていないはずはない。娘を軽蔑しているのか、だから目を合わそうともしないのか。

それならなぜ、そもそも娘の中統入りを反対しなかったのだろう。

蘋茹はさまざまに思いをめぐらす。黙邨を憎みながら、身体を重ねることに違和感を覚えないのは何故だろう。それどころか、日に日に身体が馴染《なじ》んでいく。

近ごろ街には「フラッパー」と呼ばれる女たちが跋扈《ばっこ》している。膝丈の短いスカートを穿き、濃いメイクを施し、喫煙して強い酒を嗜《たしな》む。異性関係も奔放《ほんぽう》で、複数の男性を渡り歩き、性交渉を持つ。

元々アメリカの「狂騒の一九二〇年代」を背景に出現した彼らは、それまで女性に求められた社会的規範をはるかに超越して、放埒《ほうらつ》で自由な生活を送っている。そんな新しい女たちはヨーロッパにも飛び火し、ついに上海にも上陸したのだ。

両親はそんな女たちを見ると、忌々《いまいま》しそうに眉をしかめる。だが蘋茹は中統の工作員になるにあたって、彼らを真似ようと決意した。「フラッパー」こそ蘋茹の良い手本となった。

今まで両親に逆らったこともなく、真面目《まじめ》な学生生活を送ってきたが、「フラッパー」としての生活は、思いのほか蘋茹の性《しょう》に合っていた。

親の決めた婚約者と結婚して、良き妻、良き母になるという穏やかな未来……そんなものは所詮は幻で、はじめから無理な話だったようにさえ思えてくる。

自分の人生は自身で決めたい。夜空に打ち上げられる花火のように、一瞬華やかに咲いて、儚《はかな》く散っても良いではないか。いつしかそんなふうに考えるようになった。

父は蘋茹の本性をとうに見抜いていて、白羽の矢を立て工作員になる運命を受け入れさせたのではなかったか。もしそうなら……。あらためて父・鄭鉞の底知れなさを見せつけられるようだ。同時に父の周辺に、何事か起こるのではないかと悪い予感を覚えてならなかった。

第六章　木枯《こが》らしの夜

一九四一年十二月

――トラトラトラ
十二月八日、日本時間三時二十二分、暗号が発せられた。我奇襲に成功せりの意味だった。
暗号発信の三分後、三時二十五分、ついに日本軍の真珠湾攻撃が始まった。米軍の迎撃機もなく、日本軍は完全に米軍の不意をついていた。日本軍は圧倒的な勝利を遂げたらしい。夥《おびただ》しい数の米戦艦が沈没、座礁《ざしょう》、多数の飛行機が喪《うしな》われ、戦死者は多数に上ったという。すぐラジオから大本営発表が流れた。
――臨時ニュースを申し上げます。臨時ニュースを申し上げます。大本営陸海軍部十二月八日午前六時発表。帝国陸海軍は本八日未明西太平洋においてアメリカ・イギリス軍と戦闘状態に入れり。

攻撃から約八時間半後、米国及英国に対する宣戦の詔書《しょうしょ》が公布された。続いて東条英機首相による国民に向けてのラジオ演説が始まる。

――過般来政府は、あらゆる手段を尽し対米国交調整の成立に努力して参りましたが、彼は従来の主張を一歩も譲らざるのみならず……帝国の一方的譲歩を強要して参りました。これに対し帝国はあくまで平和的妥結の努力を続けて参りましたが、米国は何《なん》等《ら》反省の色を示さず今日にいたりました。

千恵子と肩を寄せ合い、ラジオ演説に耳を傾けた。隣の部屋から歓声が聞こえた。廊下の外では万歳三唱が響いている。上海ですらこうなのだから、日本中がさぞかし大騒ぎなのだろう。何が平和的妥結の努力だ……吉平はラジオに向かって毒づきながらも、得体のしれない歓喜のうねりに飲みこまれそうになる。

「いよいよだわ……行かなくちゃ」

千恵子は自宅待機を命じられていたが、演説を聞くと引きつった表情で、口紅だけ塗りあわてて家を飛び出し、海軍武官事務所に向かった。吉平もよろけるように外に出た。あてはなかったが、じっとしていられる心境ではなかった。

アメリカとの開戦の報《しら》せに沸き立っているのは、日本だけではない。上海の日本人街・虹口《ホンキュウ》も同じで、真珠湾での勝利の喜びに、人々は無邪気にはしゃぎ、躍り上がっている。

米英を敵に回すなんて、何という無謀なことを……いずれ日本は地獄を見ることになるだろう。暗澹《あんたん》たる思いを胸に、街をさまよった。木枯らしの吹きすさぶ寒い一日で、コートの襟《えり》をあわせさすらった。じっと誰かに監視され、つけられている気がするが、それは毎度のことで、怖くないかと言えば嘘になるが、もう慣れてしまった。

そうだ、シベリア毛皮店に行ってみよう。吉平はふいに思い立った。黙邨《もくそん》暗殺未遂が起きたのは、二年前の冬――。こんな木枯らし吹く寒い日だったはずだ。今まで行こうと思いながら、なかなか実行に移せなかった。黙邨を亡き者にしようと、絶望的な計画に身を委《ゆだ》ねた蘋茹《ピンルー》の姿が、ありありと目に浮かぶ。こんな時だからこそ、蘋茹の思いに寄り添えるかもしれない。

蘋茹処刑までの経緯をたどるノートは、はじめはメモ程度のものだったが、次第にそれは推測も交えて、亡き女の足跡をたどる手記のような体裁をなしていった。未練がましい男の覚書とも言えるようなしろものだった。万が一のことを考えて、千恵子の箪笥《たんす》の長襦袢《ながじゅばん》の袖《そで》に隠してもらってある。静安寺路に向かいながら、吉平は二年前の冬に思いをはせた。

目の前で、土埃《つちぼこり》とともに枯葉が舞い上がる。枯葉が渦を巻くさまを見ながら、やりばのない怒りが、吉平の身体の底に澱《おり》のように沈んでいく。蘋茹の無念を思えば、胸が塞《ふさ》がれる。獄中にいたとは言え、どうして助けてやれなかったのだろう。

そもそも蘋茹と黙邨は、どうやって親しくなったのか。吉平は二人の出会いやなれそめも、こと細かに調べ上げた。辛《つら》い作業だった。だが事実と向き合わなければ、このままいつまでも思いを断ち切ることができない。千恵子との新生活に踏み出すためにも、目をそむけるわけにはいかなかった。

一九三九年の五月、吉平は上海憲兵隊によって逮捕されている。なのでそれ以降のことは、人づてに聞くしかない。近衛文隆が急遽《きゅうきょ》帰国してから一ヶ月もたっていなかった。上海憲兵隊による小野寺機関つぶしは、あらゆる手段で徹底的に行われ、組織はあっけないほど簡単に解体されてしまった。

直接和平に向けて密かに夢を託していた同志が、櫛《くし》の歯が欠けるように、次々と姿を消していったわけだ。蘋茹の与《あずか》り知らないところで、大きな力が動いていたに違いない。頼りにしていた仲間をすべて失い、蘋茹の喪失感ははかり知れなかっただろう。

そんな思いとは裏腹に、事態はどんどん切迫していった。日本軍から与えられた活動資金を元にして、丁默邨と李士群《りしぐん》は、組織の拡張にひたすら邁進《まいしん》していた。ジェスフィールド路76号に完成した本部に陣取り、特工作戦を開始していた。容赦ないテロが、着実に胎動し始めていた。標的は中統で、メンバーらが次々に襲われ血祭りにあげられていた。

丁と李、二人の役割は微妙に違っていて、丁默邨は国民党幹部の引き抜きによる党の弱体化と壊滅を目指していた。李士群は、軍党や藍衣社《らんいしゃ》、中統、CC団と闘うための実行部隊確保に血眼《ちまなこ》になり、多様な人物を、行動隊としてスカウトして回った。スカウトは警察にも及んだ。最低の賃金に甘んじてきた中国人巡捕らは、良い条件を提示すると易々《やすやす》と転向したようだ。李士群の元には、またたく間に数百人に及ぶ行動隊員が集まった。彼らは76号兵舎で、厳しい軍事訓練を受けることになった。

76号は日本の外務省管轄の領事館警察とも連携しながら、次第に勢力を拡大して行った。蘋茹が懇意にしていた藤野少佐の指揮する憲兵分隊は、76号本部のすぐ目の前にあった。ジェスフィールド76号、領事館警察、上海憲兵隊という不気味なトライアングルが、姿を現しつつあった。

日本軍による厳しい言論取締りも日に日に厳しくなって行った。陸軍の検閲が功を奏し、反日的な論調はめっきり影を潜めていた。それでも租界《そかい》内では、いくつもの抗日紙が、未《いま》だ公然と反日を謳《うた》っていた。日本の中国侵略を批判して、読者の喝采《かっさい》を浴びていた。朝日新聞をはじめとする日本の新聞が、軍の御用紙になり果てているのに比して、抗日紙は果敢にも気骨ある姿を見せていたのだ。

これらの抗日新聞の多くは、日本軍の検閲を避ける目的から、当局の手が出しにくい外国人の発行する外国籍の新聞という逃げ道を見つけ、かなりの援助資金を重慶政府や浙江《せっこう》財閥から密《ひそ》かに得ていたらしい。特に「中美日報」などの米国系新聞は、豊富な資金と大国アメリカをバックに、「日本軍閥《ぐんばつ》、何するものぞ」と、恐れを知らない強烈な反日論陣を張り続けることができた。

ある日、新聞各社に一通の脅迫状が届いた。特工総指揮部を名乗る団体からだった。

「今後、容共反和平の記事を掲載したら、一切の警告、通知を行うことなく、直ちに死刑を執行して戒《いまし》めとする」

脅迫状は、単なる脅しではなかった。

七月二十二日夜八時――。特工総指揮部と見られる一隊が、愛多亜路と江西路角の共同租界側にある中美日報社の破壊を狙った。彼らは拳銃や手榴弾で武装して中美日報社正面に集結した。指揮官と見られる男の号令を合図に、本社建物に一斉に乱入をはかった。危険を察知した守衛が、重い鉄の扉を閉ざし、彼らの侵入を間一髪《かんいっぱつ》防いだという。

指揮官と見られる人物は、瞬時に目標をすぐそばの大晩報社に変えた。一味は大晩報社にワッと押し入ると、植字室をめちゃくちゃに叩き壊して、拳銃を乱射した。恐怖で身動きできなくなっていた植字工の身体が宙に浮き、血まみれになって床に叩きつけられた。

そのまま街路に飛び出した一味は、何事かわけのわからないことをわめきながら道路や建物に向かって手榴弾を投げつけた。次から次に手榴弾が爆発するのを見て快哉《かいさい》を叫びながら、路上で凍りつく群衆を尻目にピストルを乱射して、あらかじめ用意されていた自動車に乗って逃げ去ったという。犯人は一人も逮捕されなかった。

吉平は拘留されていたが、千恵子は偶然にも通り一つ隔てた店で、仲間の歓送会に参加していたという。銃撃の音と悲鳴が響き渡り、店内で身を伏せていたが、音が静まってから店を飛び出し、現場に近づくと、明らかに息をしていない死体がいくつも転がっていた。肉片が飛び散り、鮮血で道路が真っ赤に染まり、凄惨《せいさん》な光景が広がっていたという。銃弾がかすめてけがをした人や、目撃して気分が悪くなった人が、救助を待って、道の両側にうずくまっていたらしい。

この事件に李士群らが関わっているのは明らかだった。不気味な魔の手が、抗日報道機関に襲いかかろうとしていた。血みどろのテロ合戦は、もはや誰にも止められなかった。

蘋茹が決死の行動をとる一方で、鄭鉞《テンユィエ》の責任も日に日に増して行った。命懸けで抗日活動する仲間に対しての、重慶政府司法官としての揺るぎない責任だった。

国民政府側の仕掛けるテロも、爆発的に増加していた。少なからぬ事例が、鄭鉞のところに回って来た。不本意ながら起訴しなくてはならない時には、鄭鉞はできるかぎり不起訴理由を見つけて、無罪放免になるよう腐心した。起訴せざるを得ない場合には、刑事法庭長を務める郁華《ユファ》という人物に、詳しく説明した。郁華の力も借りて、大抵は下級審の判決通り、軽い刑で済ますことができた。

鄭鉞の行動は、過激な抗日運動ではなかったが、極めて効果的な役割を果たしていた。日本の領事館警察や憲兵隊から再三にわたり注意を受けたが、判決を下すという目立つ立場にいなかったせいか、直接的な攻撃は受けずに済んでいた。

鄭鉞が厚い信頼を寄せた郁華というのは、刑事法庭担当のベテランで、円熟した裁判官として知られていた。温厚で冷静な人物で、鄭家とは家族ぐるみの付き合いもあった。郁華もかつて日本に留学していて、鄭鉞より六歳年下だったが、法政大学では先輩にあたった。

魔の手は司法にも確実に迫っていた。

ジェスフィールド76号は法院に対しても得意の常套《じょうとう》手段を使いはじめた。説得、懐柔、買収、脅迫。何でもござれだった。とはいっても、法を執行する司法機関に、いきなり弾丸を送りつけたりするのは、さすがにできなかったようで、76号がまず行ったのは、職員へのやんわりした脅迫だった。

そして十一月末――。刑事法庭長・郁華が、ついに襲撃された。司法界の最初の犠牲者だった。

郁華の暗殺は、法院に激しい衝撃を与えた。鄭鉞の受けたショックは計り知れず、しばらく書斎から一歩も出ようとしなかった。

その上、法院の司法官、職員宛に、名指しで脅迫状が舞い込んだ。

「郁華の暗殺に関して、余計なことを口走る者の身の安全は、保障しない」

国家正義の牙城である裁判所に、いよいよ魔手が伸びたのだ。しかも犯人は同胞の中国人だ。日本の手先となって殺戮《さつりく》を繰り返す彼らを、許すことはできない。このままでは間もなく父も標的になる……。自分に半分流れる日本の血すら、蘋茹にはおぞましく感じられたことだろう。中統の幹部もいきり立ち、焦りを募らせていた。

＊

冷気はいっそう増してきた。凍《い》てついた空気が、吉平の頬をなぶる。道行く人の吐く息も白い。寒さに身を震わせながら、吉平はようやく静安寺路のシベリア毛皮店の前にたどり着いた。毛皮店は白い瀟洒《しょうしゃ》な建物の中にあった。手前には雑誌社とドラッグストアが入っている。向かい側には、書店や写真店、銀行が並んでいる。

ここか……。蘋茹が命懸けで黙邨を暗殺しようとした現場は、ここなのか。吉平は思わず独りごちた。

静安寺路の車道には、間隔をおいてひょろ長いアオギリの木が植えられている。夏には青々とした葉を茂らすが、冬になるとすっかり葉を落として、今や寒々しい。葉を落とした樹木に、赤と緑のクリスマスのデコレーションが華やかに施《ほどこ》されていて、洗練された印象さえ与えている。

ショーウインドーを覗《のぞ》き込むと、毛足の長いロングコートやストール、マフラーが飾られていた。上質の毛皮であることが男の吉平にもすぐわかった。店内には西洋人の客が数名いて、商品を手に取り、熱心に見入っている。蘋茹が黙邨の前で試着して見せたのは、こんなロングコートだったのだろうか。さぞかし似合っていたに違いない。そんなことを思うだけで、心が折れそうになる。

暗殺に失敗し一人取り残され、恐怖で身体を震わせる蘋茹の寄る辺ない姿が、眼前に浮かぶ。孤独な胸に去来する思いは、いったいどんなだったのだろう。

木枯らしに弄《なぶ》られて、アオギリの枝がゆらりゆらり揺れている。身体が芯《しん》から冷えてきた。そろそろアパートに戻ろうと吉平は思った。千恵子が今夜も何か旨《うま》いものを作ってくれているはずだ。熱いシャワーを浴びて、酒でも飲み、今夜はゆっくり眠ろう。米英を敵に回した日本には、これから地獄の道のりが待っているのだろう。吉平も今後の身のふり方を、真剣に考えなければならない。魔の手は自身にもきっと及ぶだろう。

陰鬱《いんうつ》な気持ちを抱いたまま、吉平は踵《きびす》を返そうとした。早くアパートに戻って、何もかも忘れて、死んだように眠りたい。

そのときだった。毛皮店の前を、一人の背の高い女が、足早に横切る姿を、吉平の目の端が確かにとらえた。青みがかった光沢あるダークグレーのトレンチコート、黒のパンプス、長く伸びた脚。蘋茹が着ていたコートと同じ色、背格好もそっくりだ。

まさか……吉平は目をこすった。何度もまばたきした。だが女の姿は、確かにそこにあった。

あれほど恋焦《こいこ》がれた人が、目の前に現れた。生きていて欲しい、どれほど願ったことだろう。夢なら覚めないで欲しい。亡霊でもいい、逢いたかった、蘋茹……。

吉平は息を弾ませて、女の後を追った。本当に蘋茹なのか。生きていてくれたのか。

この目で確かめて、抱きすくめたかった。すぐに追いつくと、「蘋茹」と呼びかけた。返事はなかった。女の前に回り込んで、あっと息を飲んだ。

切れ長の目、薄い唇、細い顎《あご》……青白く薄幸そうな面差《おもざ》し——。蘋茹とは別人だった。別人だが、よく知った顔だった。つい先日会ったばかりの、蘋茹の隣人、蘭玲《ランリン》に間違いなかった。女の瞳はガラス玉のように虚《うつ》ろで、何も映してはいない。唇にどぎついほどの真っ赤なルージュが施されている。薄幸そうな顔立ちに、濃すぎる紅がいかにも不似合いだ。吉平と女の視線が、一瞬交錯した。女は吉平をしばらく凝視して、不思議そうに小首を傾《かし》げた。誰だったかと、必死に思い出そうとしているかのように。

それから女は白い歯を覗《のぞ》かせて、吉平に向かってニッと笑った。白い歯にところどころに紅が滲《にじ》んでいる。厚塗りの白粉《おしろい》のせいか、笑うと口元に皺《しわ》が刻まれ、まだ若いはずの女を、何歳も老けて見せた。吉平はあらためて戦慄《せんりつ》を覚えた。

女は一言二言、ぶつぶつ呟《つぶや》くと、寒そうに身震いして、コートの襟《えり》を立てた。ヒールの音をカッカッと響かせながら、吉平の前を足早に通り過ぎて行く。その姿はまるで夢遊病者のように、あてどなくさすらっているように見えた。

吉平は全身が硬直して、少しの間、動けなかった。目の前で起きていることが、よく理解できなかった。冷静にならなければ。吉平は深く息を吸った。

蘭玲の虚ろな瞳を見て、ふいに里見のことを思い出した。いかがわしいバーの奥の席に、里見はゆったりと腰かけていた。酒は一切飲めないとかで、茶やジュースを啜《すす》り、好物のハムエッグをかじり、阿片を吸っていた。ひょろりとした青白い顔の男で、国籍不明の黒髪の美女をはべらせ、気持ちよさそうに阿片をくゆらせていた。里見もガラス玉のような瞳をしていた。もしや……。吉平は蘭玲に会った時の記憶を必死にたどった。

――蘋茹が逃げたのなら、見せしめとして、奴らは鄭《テン》一家を皆殺しにする。隣家には絶対に近寄るな。

夫からの厳命を思い返して怯《おび》えていた蘭玲の言葉を、今更《いまさら》ながら思い返した。自首する蘋茹を止めることができなかったと、来る日も来る日も自分を責め続けていたのではないか。

幼なじみの蘭玲は、蘋茹を家族のように愛《いと》おしく、大切に思っていた。再会した蘋茹の、大輪の花のような美しさに圧倒されながら、目を離すことができなくなった。両親に愛され、愛情たっぷりに育った蘋茹。誰からも羨《うらや》まれる立派な婚約者がいながら、日本の貴族と激しく恋に落ちた蘋茹。そしてついには黙邨の愛人になりはてた蘋茹……。間近く蘋茹を見つめながら、それに比べて自分は……と、我が身をはかなみ、呪うようになったとしてもおかしくはない。

父に捨てられ、母にも愛されず、夫からも疎《うと》まれて。次第に心を病み、嫉妬《しっと》と羨望《せんぼう》を募らせていった。蘋茹なんて、死んでしまえばいい。いつしかそんなふうに感じるようになったとしても、不思議ではない。蘋茹への親愛の情と憎悪が、蘭玲の中で共に増幅し、彼女を蝕《むしば》んでいった。

蘋茹処刑の報せは、蘭玲を完膚《かんぷ》なきまでにうちのめした。自分が蘋茹を死に追いやったと、思い込むようになった。それ以来、蘭玲の魂は身体を抜け出し、上海の街を彷徨《さまよ》い始めた。蘋茹と同じ服装をして、似た化粧を施し、シベリア毛皮店の前をさすらうようになったのだ。

夜更《よふ》けに鄭家に無言電話をかけたのも、恐らく蘭玲に違いない。蘋茹は生きているという噂《うわさ》は、蘭玲が作り出した幻だった。蘋茹の生存を信じていた吉平の望みは、今度という今度こそ、粉々に砕け散った。

実際には蘋茹は、藤野鸞丈《らんじょう》憲兵隊分隊長に電話で相談して、出頭を決めたらしい。

蘭玲には責任はないのだ。

「できることは何でもするから、出てきたらどうだ」

藤野少佐はそう言って、蘋茹を安心させたようだ。

少佐はふだんから面倒見の良い人物だった。蘋茹に好意を抱いていたらしく、格別に優しかったという。

――日本の軍人で自分に手荒なことをした人はいない。自分には日本の血が半分流れているのだから。藤野少佐を頼ろう。藤野少佐なら助けてくれる。

蘋茹がそう思ったとしても無理はない。できることは何でもするという甘い言葉を、蘋茹は素直に信じてしまった。見通しが甘すぎた。

その後、少佐は鄭鉞に電話して、厳しい見解を述べたという。

「娘さんが重慶のために働いているのは、以前から薄々知っていました。けれど彼女には大和《やまと》民族の血が入っているので、私どもは大目に見てきました。今度のことは予想外で、大変に遺憾《いかん》です。見逃すわけにはまいりません」

少佐はそんなふうに言ったらしい。断固とした口調だったという。日本軍の手ごわさ、残忍さを、蘋茹は見抜けなかった。育ちの良い彼女らしいと言えなくもない。

鄭鉞が裏切ったなら、事態は変わったかも知れない。だが信念の人・鄭鉞が寝返るはずもない。蘋茹も決してそんなことを望んでいたわけではない。

処刑場に連行される直前まで、蘋茹は自分は助かると信じていたふしがある。本物の中国人になりたい……否定したはずの日本人の血を、蘋茹はどこかで頼みにしていて、手ひどく裏切られたのだ。

実際に黙邨は、蘋茹の極刑を望んでいなかったと聞く。だが嫉妬《しっと》深い妻の「あの女を極刑に！」というヒステリックな叫びに、かき消されてしまった。

日本軍の中にも、当初は蘋茹の命だけは助けてやろうという声があったようだ。軍には蘋茹に好感を持つ者が、少なからず存在したと聞く。けれど蘋茹の人気が、かえって仇《あだ》になり、反感を買った。甘い顔をすべきではないという強硬意見が、次第に強くなっていった。誰にでも好かれる蘋茹の人柄が、命取りになったと言えるのかもしれない。

戦争さえなければ、蘋茹も蘭玲も、平凡ながらささやかな幸せを噛《か》みしめられたはずだ。戦争は、ありとあらゆる憎しみを、何倍にも増幅していく。

揺蕩《たゆた》うようにさすらう蘭玲の後ろ姿を見れば、蘋茹の無念が乗り移っているような気がして、やりきれない。それ以上に、いまだ未練を断ち切れず、嫉妬や自責の念に駆られ煩悶《はんもん》する自分が、無性に腹立たしくなる。今のままでは蘋茹に顔向けできない。強くならなくてはと吉平は思う。戦禍がこれ以上広がらないよう、具体的に何かできないだろうか。それこそが蘋茹への供養になるはずだ。

蘭玲の後ろ姿を見守りながら、吉平は静かに決意を固めた。

中統工作員　鄭蘋茹《テンピンルー》　第三の指令

一九三九年晩秋

「蘋茹《ピンルー》は賢い子だね、背もぐんぐん伸びて、とびきりの美人になるぞ」

小柄な郁華《ユファ》おじさまが、幼い蘋茹を抱き上げ、顔の位置まで持ち上げた。背の高い父が、穏やかな笑みを浮かべながらじっと見守っている。郁華の剃《そ》り立ての髭《ひげ》が頰《ほお》に当たってチクチクした。

「おじちゃま、くすぐったい」

「おお、そうか、すまなかった」

郁華おじさまはすぐに蘋茹を降ろすと、今度は頭を撫《な》でて言った。

「君は鄭家の中でも特別な存在になるそうだ。いずれ我々を助けてくれるらしい。この人の占いは外れないからね、楽しみにしているよ」

父の鄭鉞《テンユィエ》を指さし、笑いながらそんなこと言った。母は少しおろおろしながら、そんな郁華を見つめていた。

父の安否を気にしているせいか、この頃しきりに幼い頃の思い出が頭をよぎる。郁華おじさまは、円熟した刑事法庭担当の判事として名高く、江蘇《こうそ》高等法院第二分院・刑事法庭長となり、奇《く》しくも父と同じ法院の同僚となり勤務している。父とは日本留学時代からの親友で、家族同然の人だ。何でも父と母の結婚式にも立ち会ってくれた人だという。蘋茹が日本で生まれた時にも、真っ先に駆けつけてくれたと聞く。鄭家の子どもたちを幼い頃から可愛がってくれて、父の予言のせいなのか、蘋茹のことを「未来の恩人」などとからかって、特別に目をかけてくれていた。母も郁華のことを誰よりも信頼していて、頻繁に家に招いた。親族以上に身近な存在だった。

その郁華おじさまが襲撃された。十一月末の寒い朝だった。フランス租界の自宅からコートの襟《えり》をあわせて、身を縮めるように出てきた郁華おじさまが、待たせてあった自家用車に乗り込もうとした時、待ち伏せしていた三人の男が、拳銃をかざして突進して銃弾を撃ちこんだのだ。

弾は郁華おじさまの胸に三発命中して、そのうち一発は心臓を貫き、背中を貫通していた。ダークグレーのコートが真っ赤な血で染まった。郁華おじさまはうめき声を上げて倒れこみ、そのまま息絶えたという。運転手が気丈にも男の一人につかみかかったが、別の男が運転手にも銃を撃ちこんだ。そして一ブロック先に停めてあった車に次々飛び乗ると、あっという間に姿をくらましたらしい。

郁華おじさまの暗殺は、鄭一家に凄《すさ》まじいショックを与えた。国家正義の牙城でもあり、重慶工作員の拠《よ》り所とも言える裁判所に、犠牲者が出たのだ。父だけでなく、母も錯乱状態になった。

あろうことか、その晩、默邨《もくそん》から電話がかかってきた。

「なぁ、言った通りだろう。この事件がこれで終わると思わない方がいい。これは見せしめに過ぎない。お父上には、くれぐれも注意するように言っておきなさい」

返事をする前に電話は切れた。

今度という今度こそ許せない。沸き立つ怒りを抑えることができず、しばらく震えが止まらなかった。

中統幹部らの焦《あせ》りも限界に達していた。

——裏切者の丁黙邨《ていもくそん》を排除せよ。直ちに行動を移せ
ついに黙邨への暗殺指令が下った。

本部から行動隊にもたらされた指令を受けて、稽希宗《けいきしゅう》、劉彬《りゅうひん》、陳彬《ちんひん》らの行動隊が路地裏の狭いアパートの地下の一室に密《ひそ》かに集まり、黙邨暗殺のための計画を練った。

稽希宗は陳宝驊《ちんほうか》の従兄弟《いとこ》で、蘋茹への連絡係を担っていた。計画は蘋茹を囮《おとり》に使って、黙邨を射殺するというものだった。

「奴は相当に警戒心が強い。蘋茹を囮《おとり》にして、おびき出すしかないだろう。良いか」

行動隊長の稽希宗が、厳かな声で提案した。

「少しでも警戒心を緩めるために、黙邨が蘋茹とホテルで密会した後を狙おう」

劉彬、陳彬はおずおずと蘋茹の顔色を窺《うかが》う仕草をした。

「承知しました」

蘋茹は頷《うなず》くしかなかった。稽希宗は蘋茹の目も見ず淡々と続けた。

「密会の後に黙邨を万宜坊《まんぎぼう》の自宅に招き入れろ。鄭鉞が会いたいと言ってると言えば、彼も関心を示すだろう。万宜坊でビュイックから降りた瞬間を狙って、襲撃する。いいか」

劉彬、陳彬が頷く。万宜坊で決行するのか……自宅前が血で染まるのを一瞬想像して、蘋茹は目をつぶった。隣人で幼なじみの蘭玲《ランリン》夫妻にも迷惑がかかるかも知れない。だがそんなことに構ってはいられない。

「父が会いたいと言っていると、甘えるようにせがむんだ、ベッドの中で」

極めて事務的な口調で稽希宗は言う。まるでタバコを買って来てと頼むかのように気安い口ぶりだった。

「その日はいつも以上に奴をくたくたにさせろ。文字通り、骨抜きにするんだ。その方が我々もやりやすい」

陳彬がちらと蘋茹の顔を見て、目を伏せた。蘋茹は恥ずかしさで耳たぶまで真っ赤になったが、はいと小さく答えるしかなかった。必ずやり遂げよう。冷徹で非情な女になるのだ。蘋茹は決意を新たにした。

アスターハウス・ホテルの一室で、黙邨はまるで征服者のように蘋茹にのしかかった。郁華暗殺など忘れたかのように、黙邨は執拗《しつよう》に蘋茹を愛撫《あいぶ》した。

「きれいだ、蘋茹。君を絶対に離さない」

脚を開かせ、高く持ち上げて、何度も激しく突き上げてくる。噴き出す汗を拭《ぬぐ》おうともせず、黙郁は蘋茹の脚を執拗に愛撫した。蘋茹はいつも以上に激しい喘《あえ》ぎ声を上げて「もっと、もっと」とせがんだ。黙郁は興奮して頰を上気させた。

ふと黙郁の背後に、見知らぬ顔が浮かんだ。闇に目をこらすと、部屋の天井に、無数の男たちの顔が浮かび、こちらをじっと見つめている。どの顔も蒼白《あおじろ》く、恨《うら》めしそうな表情をしている。恐怖で全身に鳥肌が立ち、悲鳴を上げそうになった。行為に熱中している黙郁は、蘋茹の怯《おび》えに気づく気配もない。天井に浮かぶ顔は、黙郁によって亡き者にされた男らに違いない。

見覚えある顔が一際大きく天井に浮かんで、蘋茹に迫って来た。よく見るとそれは郁華だった。殺されて間もない郁華の顔は、妙に生々しい。無念そうに唇を動かし、何かを告げようとする。

黙郁が低いうめき声を上げ、身体を小刻みに痙攣《けいれん》させながら果てた。生ぬるい液体が、蘋茹の身体からあふれ出る。汗まみれの身体が、重くのしかかった。郁華の顔も、闇にまぎれてすうっと消えて行った。

「何か考えごとをしていたね、どうした、何を考えていたんだ」

汗まみれになった黙邨が、ようやく蘋茹の身体を離して口を開いた。

「そんなことないわ。でもたまには、我が家にも、寄って欲しいと思ったの」

滴る汗を指で拭いながら、甘えるように囁《ささや》くと、黙邨は怪訝《けげん》な表情をした。

「父が貴方《あなた》にお話があるそうよ。母もご挨拶《あいさつ》したいって」

「お父上が私に話をと？　ほお、何か決意をなさったんだろうか。そうか」

黙邨は複雑な表情を見せる。

「両親に貴方をちゃんと紹介しておきたいの。母も待っているはず、ぜひ寄っていらして。そうじゃないとこれから家を出られなくなる」

「確かに……、お母上にもご挨拶をしなくてはならんな」

黙邨は考え込みながら、曖昧《あいまい》に頷《うなず》いた。

「両親も安心します。貴方とのことを、わかってもらいたかったのよ」

「君に頼まれると弱いな、断れないな」

黙邨は相好《そうごう》を崩した。うまくいきそうだ……蘋茹は一瞬ほくそ笑《え》んだが、気取られてはいけないと身体を固くした。

人一倍警戒心の強い黙邨をなだめすかし、自宅の部屋に招き入れなくてはならない。

稽希宗ら暗殺隊が、ビュイックの到着を、今か今かと待ちかまえている。このままの状態で、黙郁を連れ込まなければならないのだ。

素早く髪を整え口紅を塗り、帰り支度をして、蘋茹は黙郁のビュイックに乗り込んだ。勘の鋭い黙郁を安心させようと、黙郁の目を見つめてから手を握り、肩にしなだれかかった。最後まで、恋する女を演じ切らねばならなかった。

ビュイックは万宜坊の正門を過ぎ、自宅に近づき、徐々に速度を落とした。薄闇の中に、劉彬、陳彬の姿が浮かび上がった。いよいよだ……そう思った瞬間、蘋茹の掌《てのひら》に、うっすら汗が滲《にじ》んだ。

「どうした、汗をかいているぞ」

黙郁が怪訝《けげん》そうな声を出した。蘋茹は焦《あせ》った。

「ええっ、いいえ、そ、そんなこと、ないです。さ、早くお上がりください」

黙郁の顔が、すうっと蒼《あお》ざめていくのが見て取れた。

「すまない、気持ちはありがたいけれど、急に用を思い出した」

「えっ、寄ってくださらないの。母があれほど、楽しみにしているのに」

「ふむ……」

黙邨は一瞬考え込んだが、すぐ首を横に振った。

「いや、今日はやはり、やめておこう」

「そんな……母が待っているのに。お願い、少しでいいですから、お上がりください」

「いや、悪いが、今日はやめておく」

「せっかくですから。ねえ、お願い、少しだけでいいの」

押し問答が続く。蘋茹は粘った。しきりにねだる蘋茹に、黙邨は一瞬迷うしぐさをしたが、最後は突き放すように言った。

「済まんが、今日はやはり失礼する。ご両親によろしく伝えてくれ。次の機会に」

ビュイックの後部ドアが開いた。黙邨自身は降りずに、蘋茹を車外に押し出すようにした。蘋茹が降りると、あっという間にビュイックの扉は閉まり、路地を右折して、Uターンするように正門へと走り去った。

仕損じた……。途中までうまく行っていたのに。もう少しだったのに。何がいけなかったのだろう。蘋茹はがくりと肩を落とした。夕暮れ時が危ないと黙邨は察知していた。さすが手練《てだれ》で一筋縄ではいかない男だ。疾走するビュイックを、蘋茹は苦々《にがにが》しく見送った。

「作戦は変更だ。万宜坊の前では、黙郁に警戒されてしまう。二度と同じ手は使えない。黙郁を買物に誘いだし、そこで仲間が襲撃する作戦になった」

襲撃計画が頓挫《とんざ》したその日の内に、稽希宗から計画変更の連絡があった。

「今度こそぬかりなくやるように」

稽希宗の声はいつも以上に冷ややかで、電話はすぐにガチャリと切れた。今度こそうまくやり遂げねばならない。焦りは募るばかりだった。

クリスマスに近いある午後のこと、蘋茹の家に黙郁から電話がかかった。

「いま友人のところにいる。これから昼食をご馳走《ちそう》になるが、ぜひ君にも来て欲しい。君のことを紹介したいんだ」

「わかりました。伺います。すぐに準備します」

「ああ、うんとお洒落《しゃれ》して、来なさい。君をみんなに見せびらかしたい」

黙郁は上機嫌だった。黙郁は蘋茹をパーティに連れ歩くのを好んだ。チャンス到来だ。帰りに黙郁はいつも通り送ってくれるに違いない。はやる気持ちを抑えながら、すぐに稽希宗に電話を入れた。

「わかった。では静安寺路にあるシベリア毛皮店に誘い出せ」

シベリア毛皮店は静安寺路にある有名店で、何度か訪れたことがある。黙邨にクリスマスプレゼントをねだるのなら、違和感はないはずだ。前回の失敗に懲《こ》りて、襲撃隊は四名に増やすことになっている。二名が見張り役、二名が狙撃手と決められた。

「静安寺路に入る直前に、ふいに思い出したように切り出せ。そうでないとまた警戒されるぞ」

「かしこまりました」

「あとは任せろ。あまり遅くなると警戒される。できるだけ早いうちに来い」

稽希宗は冷徹な声で言い渡した。

「わかりました。ぬかりなくやります」

今度こそ成功させる。憎んでも憎みきれない、忌《いま》まわしい黙邨を、必ずやしとめてみせよう。

黙邨の好きな深紅の口紅を、いつも以上にしっかり塗った。お気に入りの青いチャイナドレスを着て濃紺のトレンチコートをはおり、黙邨の友人宅へ向かった。中国人であることをいつも以上に意識していたかった。

友人というのは、賭博場を経営して、一代でのし上がった上海の大金持ちだった。元はしがない博打《ばくち》打だったらしい。李士群《りしぐん》や日本軍に取り入って、頭角をあらわしたと聞く。豪華なシャンデリアの灯《とも》る立派な邸宅で、大きなテーブルには、ローストビーフにスタッフドチキン、上海料理の皿がいくつも並んでいた。食べきれないほどの、たいそう贅沢《ぜいたく》なご馳走だった。料理人の腕は確かで、どれも美味だった。

黙邨はシャンパンを飲み、酔いが回っていた。ちょうど良い案配だ。午後五時を過ぎた頃、黙邨は時計を見て切り出した。

「さあ、そろそろお暇《いとま》しようか。私は虹口《ホンキュウ》に戻るが、君はこの後、どうする？」

「はい、私は南京路で友人と待ち合わせがあります」

「そうか、それなら送って行こう。南京路なら通り道だ」

「ありがとうございます。楽しいパーティでした」

蘋茹は黙邨の腕を取って、玄関に迎えに来ていた黒のビュイックに乗り込んだ。ビュイックは東の方向に向かってひた走った。静安寺路は南京路の途中にあった。

「せっかくここまで来たんだから、途中で買い物に付き合ってもらえませんか」

命じられた通りに、静安寺路に入る直前に、ふいに思い出したように切り出した。ぎりぎりまで待ち、せがむようにと言われていた。用心深い黙邨に、警戒されないように。二度と失敗は許されない。後がなかった。

「えっ、買い物？　いったい何を買いたいんだ？」

黙邨は赤ら顔で、眠そうにあくびをしながら驚いて言った。

「毛皮のコートです。以前にお話ししたロシア人の知り合いのやっているシベリア毛皮店で、クリスマス・セールをやっています。貴方に見立てていただきたくて」

黙邨はふうん、そうかと頷き、腕時計をちらりと見やった。まだ酔いはさめていない様子だった。

「あまり時間はないが、三十分くらいなら大丈夫だ」

「貴方に選んでもらいたかったの。嬉しい」

嬌声《きょうせい》を上げると、黙邨はだらしなく口元を緩めた。

「仕方ないな。君のおねだりには弱いんだ」

ここまで来たらきっと大丈夫だ。黙邨は毛皮のコートを買ってくれるつもりになっている。あとは仲間が何とかしてくれるだろう。蘋茹は車の窓に流れるショーウインドーの灯りを目で追った。

静安寺路は中央線で分離された片道一車線で、幅およそ八メートルの車道の両側に、約三メートルの歩道のある直線道路だ。歩道に面してショーウインドーが整然と並んでいる。車道には間隔をおいてひょろ長いアオギリの木が植えられていて、夏には青々とした葉を茂らすが、今はすっかり葉を落とし、クリスマスの飾りが施されている。シベリア毛皮店は白い瀟洒《しょうしゃ》な建物の中にあった。手前には雑誌社とドラッグストアが入っていた。向かい側には、書店や写真店、銀行が並んでいた。

黙邨に命じられて、ビュイックは交差点を渡るとスピードを緩《ゆる》めて、シベリア毛皮店の向かい側にぴたりと停まった。運転手が車を降りて、辺りを警戒しながら、後部扉を開いた。

小柄で華奢《きゃしゃ》な黙邨が、大柄で派手な顔立ちの蘋茹の肩を抱いて車道を横切り、毛皮店に向かった。店の出入り口付近には、袍《ほう》という綿入れの長衣を着用した男たちがたむろしていた。寒さ対策に万全を期すためだけでなく、袍は武器をポケット深く隠せるため、テロには好都合だった。

だがショーウインドーの前で、袍をまとった男たちは妙に目立ち、いかにも不自然に映った。黙邨がその姿をちらと見やったのが気になった。蘋茹はもやもやした不安に駆られながら、精一杯無邪気を装って、毛皮店に黙邨をいざなった。

店には上海の寒い冬には格好の、毛足の長いコートやジャケット、ストールやマフラー、バッグが所狭しと展示されていた。

「どれも、素敵！」

蘋茹が歓声をあげると、黙邨は急《せ》かせるように言った。頬の赤みが取れて、いつもの険《けわ》しい表情に戻っていた。

「試着しても良いですか」

蘋茹が尋ねると、黙邨は視線を宙に泳がせて言った。

「良いが、少し急いで。急に用事を思い出した」

まずい。気づかれたのだろうか。全身から汗が噴き出した。一番目立つ毛足の長いロングコートを手に取り、鏡の前ではおってみた。身長の高い蘋茹には、毛足の長いロングコートが予想以上によく似合った。

「ほお、似合うじゃないか」

黙郁は感心するように、目を細めて蘋茹の姿をじっと見つめる。

「ホテルの部屋でこのコートを脱がせて、君を抱きたいよ」

黙郁が耳元で囁《ささや》く。

そのとき、ショーウインドー前を歩く袍姿の男が、蘋茹の目の端に映った。蘋茹の視線の動きを、黙郁が素早く捉えたようだった。突然ポケットの中から札束をつかみ、蘋茹の手に握らせた。

「自分で選びなさい。先に帰る」

そう言うと、たちまち脱兎《だっと》のように出口に向かい、そのまま表に飛び出した。蘋茹の掌から札束がこぼれ落ち、店内に散乱した。客や店員たちが、あっけにとられたようにこちらを見つめている。蘋茹はあわてて毛皮を脱ぎ捨てると、後を追い、出口に向かった。

「エンジンをかけろ！」

黙郁は怒鳴りながら、道路を一気に駆け抜け、背をかがめ車の反対側に回りこんだ。不意をつかれた陳彬は、黙郁めがけて引き金を引いた。カチッという音がした。不発だった。何ということだろう。陳彬が焦って次の弾をビュイックに向けて撃ちこむと、車窓の防弾ガラスに当たり、ピシッという音とともに弾《はじ》かれた。三発目を撃ちこもうとしたとき、既に黙邨は素早く後部座席に転がり込んでいた。劉彬ら仲間も、ビュイックの後ろから必死に弾を撃ちこんだ。

パン！　パン！

鋭い銃声が静安寺路に響き渡った。黙邨を乗せた車は、強固な防弾車両だった。エンジン音を響かせながら急発進して、あっという間に走り去ってしまった。クリスマスの買い物に来ていた通行人らは、怯《おび》えた表情で物陰に隠れた。

しくじった！

走り去るビュイックを見送った。仲間たちは蜘蛛《くも》の子を散らすように逃げ去って、蘋茹だけがたった一人取り残された。

中統の工作員にスカウトされた時、今度こそ本物の中国人になれる、そう思った。日本の傀儡《かいらい》の手下になる黙邨のような男が許せなかった。婚約者のいる身で、彼の愛人になるのも厭《いと》わなかった。ふしだらな女、娼婦のような女と呼ばれてもまったく構わない。あの男が憎かった。

結果的に婚約者の王漢勲を裏切り、文隆への思いも振り切り、両親を欺《あざむ》き、生贄《いけにえ》のように黙邨の前に身を投げ出してきた。日本の侵略から母国を守るために、殺戮《さつりく》を繰り返すジェスフィールド76号を壊滅させるために、仲間がこれ以上犠牲にならないために、命懸けで黙邨を誘い出した。

それが一瞬で水泡《すいほう》に帰した。すべては無駄だったというのか。自分の役割は終わったのだろうか。そもそも自分の役割とは何だったんだろう。

近代的な新生中国を建設したい。母国を立派な国に生まれ変わらせたい。そんな大志を抱く父の考えに共鳴して、母ははるばる海を渡った。家族の嘲《あざけ》りと反対は凄《すさ》まじかった。それでも母は父を選んだ。父はわき目もふらずに努力して、高い地位に昇りつめた。母は父を支えて、子どもたちを育て上げた。それなのに母は相変わらず「シナ人と結婚した女」と憲兵に嘲られ、蘋茹ら姉妹は学校で「小日本《シャオリーベン》」といじめられ続けた。

一方で、蘋茹はよく知っている。侵略を企てる身の程知らずの日本を憎みながらも、母が故国に常に恋焦がれているのを。日本の婦人雑誌に夢中になり、日本女性の流行を気にして、写真を抽斗《ひきだし》いっぱいに隠していることを。

春になると桜が一斉に咲き、川面《かわも》には無数の花びらが浮かぶ。初夏になると水際の草むらに、蛍《ほたる》の光が明滅する。初秋にはお供え物をして月を愛《め》でる。秋が深まると里山は燃えるような紅《くれない》色に染まり、じきに初雪が舞う。

そんな日本の豊かな四季を、蘋茹は何度聞かされて来たことだろう。

「日本に帰りたい」

母はそんな台詞《せりふ》を一度も口にしたことはない。意地でも言おうとはしない。だからこそ故郷への思慕は、日に日に深く濃くなって行ったのだ。

ちりん、ちりん。

桃渓《ももたに》で聞いた風鈴の音が耳元にこだまする。

肌の色も顔立ちもそっくりな日本人と中国人が、どうしてここまで憎みあわねばならないのだろう。国家とは、民族とは、いったい何なのだろう。夕暮れの静安寺路に佇《たたず》んで、蘋茹は呆然《ほうぜん》としていた。木枯らしが頬をなぶり、アオギリの枝を揺らして吹きすさぶ。蘋茹はアオギリの木を見上げた。葉を落とした樹木は、気のせいか頼りなげに見える。寒さと不安が募《つの》り、蘋茹は小刻みに身体を震わせた。

一九三九年十二月

蘋茹《ピンルー》、投降

どこからともなく、ひゅうひゅうと不気味な風のうなり声がする。蘋茹《ピンルー》は暗く広い部屋の真ん中に立っていた。部屋というより出口の見えない深い穴蔵のような場所に、一人ポツンと立たされていた。部屋の周囲を見渡すと、壁に何やらびっしり文字が刻まれていた。近くに寄って文字を眺めると、書かれているのは人の名前だった。隙間《すきま》ないほどびっしり人の名前で埋め尽くされていて、まるで墓標のようだ。そこに自分の名を見つけた。「鄭蘋茹《テンピンルー》」とはっきり書かれている。とてつもない恐怖がこみあげてきた。

「きゃああ」

自分の声で目が覚めた。またいつもの怖い夢を見てしまった。全身ぐっしょりと汗をかいて、髪まで濡れている。激しい動悸《どうき》がしてなかなか収まらない。何度も見る夢だったが、ひゅうひゅうという不気味な風のうなりが、ひときわ恐ろしく感じられる。悪夢はいつまでも身体に纏《まと》わりつき、なかなか離れない。目覚めてしばらくすると、夢より怖い現実を思い出し、背筋が凍った。すべて夢なら、どんなに良いだろうと願った。だがすべては現実だった。

暗殺未遂現場で絶望の淵に立たされながらも、蘋茹は気を取り直し、人力車を拾った。家族の待つ家に帰らなくてはと思った。

人力車を引くのは老いて瘦せこけた苦力《クーリー》で、この寒空に薄い布を纏っただけで、足元を見ると裸足《はだし》だった。老いた苦力は、ただならぬ蘋茹の様子に何事か察知したのか、万宜坊《まんぎぼう》まで全速力で疾走してくれた。幸い、誰も跡をつけてくる気配はなかった。

人力車に揺られながら、蘋茹はぼんやり街の景色を眺めていた。夜の闇が迫り、暮れなずむ街が涙に滲《にじ》んで、やけにきれいに映る。クリスマスの買い物を手にはしゃぐ西洋人たち、肩を聳《そび》やかせてわがもの顔で歩くのは日本人たち、そのわきを、みすぼらしい身なりで同胞たちが通り過ぎる……。この国は、いったい誰のものなのだろう。

ようやく自宅にたどり着いた時には、放心状態になっていた。寒風で冷たくなった頰《ほお》は、涙でしっとり濡れていた。何も聞かず最短距離で送り届けてくれた苦力にチップをはずみ、深々と頭を下げた。

蘋茹はまず父の書斎に報告に行った。父は見たこともないような辛《つら》そうな表情をして、蘋茹の話にじっと聞き入った。唇が微《かす》かに動いたが、言葉は発さなかった。

熱いシャワーを浴びてから、藤野鸞丈《らんじょう》憲兵隊分隊長に電話をかけた。身の振り方について、彼なら適切なアドバイスをしてくれるのではないかと思った。藤野はひどく驚いた様子で、どこにいるのかとしきりに尋ねた。居場所は告げずに蘋茹は尋ねた。

「藤野さん、私のやったことは、良いことだったのでしょうか、それとも、悪いことだったのでしょうか」

「良い、悪いと言ったって、君が良いと思っているのなら良いのだし、悪いと思っているなら……」

歯切れの悪い藤野を遮《さえぎ》るように、再び尋ねた。冷静を装ったが、声が震えていた。

「どうしたら良いのでしょう。日本側にも悪いし、中国側にも悪くて、どうしたら良いのかわかりません」

「蘋茹、落ち着きなさい。できることは何でもするから、出てきなさい。悪いようにはしないから……」

藤野の声に力なく頷《うなず》いてから、受話器を置いた。

仲間たちからも電話があった。

「自首したら、絶対助からない。すぐ逃げるんだ。しばらく身を隠せ」

ある仲間は強くそう言ったが、別の者は違う意見だった。

「自首しても罪を認めれば許してもらえる。中に味方がいるから大丈夫だ。逃げたら家族に累《るい》が及ぶぞ」

家族に累が及ぶ……その言葉が、何より恐ろしく感じられた。自分だけが助かり、家族が犠牲になるなんて、ありえない。それだけは避けたかった。

家族を守るためには、自首するしかない。逃げるという選択肢は、残されていないのだとわかった。急に疲れが押し寄せてきた。自室に戻り、泥のように眠った。

窓からは穏やかで明るい陽光が差し込んでいる。時計を見ると、既に九時を回っていた。自室にいるのを確認して、ひとまず安堵した。蘋茹の身に起きたこと以外は何一つ変わらない、いつもと同じ朝の光景だった。向かいの家からはピアノを弾く音がする。ロシア人の少女が練習しているのに違いない。今朝も早くから熱心だ。

「朝ごはん、食べないの」

階下から母の声がする。母は人一倍心配性だ。これ以上、母の不安を増幅してはいけない。汗で濡れた髪を急いでタオルで拭《ぬぐ》い、櫛《くし》で梳《と》かす。悪夢で目覚めたのだと悟《さと》られてはいけない。息を整えてから、階段をゆっくり降りていく。立ち止まって考え込む余裕などなかった。

階下に降りると、母と弟の南陽《ナンヤン》、妹の静芝《チンチー》が、怯《おび》えたような表情で蘋茹の様子を窺《うかが》っていた。父はもう裁判所に出かけていた。家族の張りつめた表情から、途方もなく心配をかけてしまったことを、あらためて思い知らされる。朝食を食べてから、つとめて冷静を装い、今までの経緯を説明した。

妹はまだよく意味がわからないようだったが、鄭家に大変な事件が起きたことは理解しているようで、黙って震えていた。弟は真っ青な顔で俯《うつむ》き、母は涙を流していた。

「心配をかけてごめんなさい。私、自首します」

そう言うと母が悲鳴を上げた。

「自首するなんて、そんな、大丈夫なのか」

「日本の軍人さんで、私に手荒な真似《まね》をした人はいなかったもの。お母さんが、一番よく知っているじゃない」

蘋茹は必死に作り笑いを浮かべて言った。母を安心させなくてはならない。

「藤野さんが、悪いようにしないからって。約束してくれたのよ」

「藤野さん……信じて良いんだろうか。もう少し待った方がいいんじゃないのか」

「逃げたら家族に累が及ぶって、そう言われたの」

声を潜めるように言うと、母はひっと鋭く叫んだ。

「あの人たちは、本気で人を殺すのよ」

今度は妹が泣き出した。

「静芝、泣かないで、心配することないわ。私は必ず戻って来るから。いい子にしていて」

妹の頭をなでて言った。

「それより王漢勳に、私が病気で入院していると手紙を出しておいてちょうだい。じきに元気になって、すぐに退院できるからって伝えてね。約束よ」

できる限りの笑顔を浮かべて言った。

「お母さん、私は半分日本人よ。彼らは私を殺せないわ。必ず生きて帰って来るから。信じてちょうだい」

自分自身に言い聞かせるように蘋茹は言った。

ふいに毛皮店のショーウインドー前を歩く仲間の姿が、目の前に甦《よみがえ》る。あのとき仲間の姿を見つけて、つい目で追ってしまった。それを黙邨は素早く察知して、まんまと逃げおおせたのだ。

文隆に惚《ほ》れ込んだ時と同様に、黙邨と情事を重ねた自分は、わざと隙《すき》を見せてしまったのではないのか。万宜坊での暗殺計画も、汗ばんだ掌《てのひら》で異変を察知されたらしかった。毛皮店でも気づかないうちに、逃げろとサインを送ってしまったのではないか。蘋茹は自問自答しながら深呼吸する。

いや、断じてそんなことはない。自分は中統工作員として、誇りを持って任務に当たってきた。命懸けで黙邨を亡き者にしようとしたのだ。その行動に、何ら恥じ入ることはない。工作員としての未熟さはあったかもしれない。だが少なくとも最後まで、忠実に任務を果たそうとした。後悔はない。だからこそ、堂々と自首しよう。

もし生き延びられたなら……蘋茹は夢のように考える。傲慢《ごうまん》な大日本帝国軍人には吐き気を催すけれど、母や文隆のこよなく愛する日本という国を、もう一度見てみたい。それほど美しいというのなら、この目で確かめてみたい。花野が語った北海道のエメラルドグリーンに輝く湖も。

母の話してくれたかぐや姫の物語を思い出す。かぐや姫もきっと月に帰りたくはなかったのだ。必ず生きて帰ろう。祖国の平和と発展を、この目で見届けるまでは決して死ねない。死んだりするものか。蘋茹は背筋を正して、化粧台に向かった。

終章　上海《シャンハイ》からの手紙　一九八〇年八月

敗戦から三十五年という歳月が過ぎ去った。あのやりきれないような暑い夏からもう三十五年が過ぎ去った。明治四十五年（一九一二）春生まれの吉平は今年で六十八歳になる。二十代から三十代にかけて大陸で、軍部打倒を目指して命懸けで奔走していた時には、まさかこんな歳《とし》まで生き延びられるとは夢にも思わなかった。敗戦の年、吉平は三十三歳だった。

狭いながらも丹精《たんせい》した庭に面する居間の、心地よい長椅子に腰かけ、吉平は昨日上海から届いた鄭《テン》家の次男坊・南陽《ナンヤン》の手紙を読んでいた。上海からの手紙を読むときには、必ず蘋茹《ピンルー》の写真を見直す。それからすり切れた古いメモ書きも。二つとも書斎の文机《ふづくえ》の抽斗《ひきだし》に、大切に保管してあるものだ。

数日前に閉幕したモスクワ・オリンピックは、共産圏で初めて開催される記念すべき大会のはずだった。だがソ連のアフガニスタン侵攻に抗議したカーター大統領の呼びかけに応じて、西ドイツなど五十ヶ国近くが不参加を表明して、日本もそれに続いた。前年に中国とベトナム間の中越戦争が勃発《ぼっぱつ》し、ソ連はベトナムを応援していた。中ソ対立が続く中で、中国もモスクワ・オリンピックをボイコットした。

南陽からの手紙にも、オリンピックボイコットの話が数行短く触れられていた。文化大革命など自国の政治に絡む事項は、今まで一行も触れられることはなかったので、少し意外な気がした。その後の内容には更《さら》に驚かされた。

吉平より七歳年少の南陽は、上海で医業を続けていたが、ついに定年を迎えていた。数年前から肺気腫《はいきしゅ》を患《わずら》っていて、あまり体調が良さそうではなかったが、妹・静芝《チンチー》の勧めもあり、カリフォルニアに夫婦で移住を決意したというのだ。遠い異国の地で暮らす旧友の決意に、吉平は思わず快哉《かいさい》を叫びそうになる。

鄭兄妹が離れ離れに暮らすようになってから、既に三十二年が経《た》っていた。

カリフォルニアで一族が肩寄せあって共に住もうと、静芝がそう呼びかけたらしい。静芝は十二年前に台湾からカリフォルニアに移住して、実業家として成功していた。温暖の地カリフォルニアは、肺の病にはおそらく最適の土地と思われる。何より鄭家一族が集結するのが喜ばしい。蘋茹が生きていたら、どれほど喜んだだろう。冷静沈着で慎重すぎるくらい慎重なはずの南陽の手紙の文面が、いつになく弾んでいるように思える。日中戦争終結後も続いた鄭家の苦難を痛いほど知る吉平は、カリフォルニアの地で迎える鄭兄妹の余生が、幸《さち》多いものであって欲しいと祈らずにはいられない。

日中戦争末期から戦後まで鄭一族がたどった足跡を、吉平は備忘録に漏らさず記して来た。そしてあの丁默邨《ていもくそん》の行く末も。

＊

娘・蘋茹を喪《うしな》った後の鄭鉞《テンユィエ》の失望は激しく、身体の衰弱も著《いちじる》しかった。強い鬱《うつ》症状に落ち込んでいただけでなく、癌《がん》も患っていた。病魔をはね返す気力も残っていないように見受けられた。

「私は四月八日に逝《い》くよ」

占術を得意とした鄭鉞は、自らの死期を占って家族にそう告げた。鄭鉞の占いは怖いほどよく当たるので、家族は怯《おび》えながら暮らしたが、果たして予言はこの時にも的中してしまった。

「華君《ホアーチュイン》、長い間ありがとう。君に出会えて幸せだった」

一九四三年四月八日、妻に深く感謝しながら、鄭鉞は六十五年の生涯を閉じた。中国革命と共に生きた波乱に富んだ人生で、吉平が生涯手本としたいと思う傑物だった。

鄭鉞の死の翌一九四四年一月十九日、重慶上空で、日本軍機を迎え撃つ中国空軍戦闘機隊が激しい空中戦を演じた末、撃墜され、搭乗員もろとも飛散した。乗っていたのは鄭家の長男、蘋茹の弟・海澄《ハイチォン》だった。鄭海澄空軍中尉は、春節も近い重慶上空で、二十七歳の短い生涯を閉じた。

蘋茹の婚約者の王漢勲は、中国空軍第五大隊連隊長を務めていたが、同じく一九四四年八月七日、輸送機を空輸中に事故を起こし、蘋茹のあとを追うようにして戦死した。三十二歳だった。

一九四〇年三月から南京に存在した親日の汪兆銘《おうちょうめい》政権（南京国民政府）は日本の

敗戦と同時に瓦解《がかい》した。汪兆銘は前年、名古屋帝大附属病院で死去、汪の後には陳公博《ちんこうはく》が代理主席に就任して、そのまま敗戦を迎えた。

一九四五年八月、日本がポツダム宣言を受諾《じゅだく》、無条件降伏して、日中戦争、太平洋戦争を含む第二次世界大戦は、日本の敗北という形で終結した。未来永劫《えいごう》続くかと錯覚されたドイツ第三帝国も、ヒトラー総統の自決の後に、あっけなく崩壊した。

一九三七年七月以来八年間に及ぶ日中全面戦争で、日本軍の死傷者は百三十三万人、中国側は三百万人に達したといわれる。日中戦争終結後、国民党と共産党は話し合いを続けたが合意に至らず、ついに全面的な内戦に突入した。

アメリカの支援を頼りに、一挙に中国共産党の人民解放軍を殲滅《せんめつ》しようとした国民党軍は、次第に消耗、苦戦を強いられた。一方の人民解放軍は、小作人に土地を与えるなどして、農民層の支持を拡大していった。

アメリカからの支援が打ち切られたのも災いして国民党軍は、ソ連が支援する中国共産党軍に対して日に日に劣勢に陥《おちい》っていった。

各地の戦線で劣勢が明らかになった一九四八年秋、蔣介石から党員の家族に対し、台湾への移住命令が出た。

蘋茹の妹・静芝は、国民党軍の空軍将校の妻になっていた。子どもたちを連れて軍用機でいち早く大陸を脱出して、台湾に降り立った。華君と南陽はひとまず上海の万《まん》宜坊《ぎぼう》に残ったが、一九四九年、華君はついに台湾に移住する決意をして、台北《タイペイ》に向けて飛び立った。

華君の住まいはかつて日本人街だった大正町七条通りに定められた。旧日本人街に位置する高級住宅街で、庭付き平屋建ての広い居住スペースを確保できたという。

静芝は台北で監察院長・于右任《うゆうじん》の秘書として働くようになった。空軍将校の夫も新たな職を得て、一家はお手伝いを雇えるくらいの比較的裕福な暮らしを送ることができたと聞く。

華君は上海に居るときとほとんど同じように、静かに日々を暮らした。毎日読経《どきょう》をして、ゆっくりと茶を飲んだ。周りの人々に相談を持ちかけられるのも、昔と変わらなかった。重陽《ちょうよう》の節句には、同盟会の旧友と昔話に花を咲かせた。

一九五八年、華君は国民党から褒揚《ほうよう》された。蔣介石自ら筆をとり、扁額《へんがく》が華君に送られたという。同時に鄭蘋茹を忠烈祠《ちゅうれつどう》に祀《まつ》ることが告げられた。華君の感慨はいかばかりだっただろう。

けれど気丈な華君の身にも、老いは確実にしのび寄っていた。次第に物思いにふけることが多くなり、寝たり起きたりの生活になった。

一九六六年一月五日、華君は惜しまれながらこの世を去った。最期まで日本を愛しながら、ふるさとに帰りたいと一言も口にしなかったという。

華君の訃報には長い事績書が添えられ、末尾にはこう綴《つづ》られた。

「ああ、華君は若くして中日の友好を願って働いたが、不幸戦乱に逢う。だが、よく夫を助け、子らを導き、手を携えて忠義愛国の心で困難に立ち向かった。心は憂《うれ》い、身は疲労困憊《こんぱい》しながらも、その志節は凜然《りんぜん》として衰えることがなかった。華君はいまなお中日ふたつの国の上に燦然《さんぜん》と輝いている」

次男である南陽は、悩んだ末に台湾には行かず上海に残る決意をした。南陽を慕ってくれる大勢の患者たちを置いて行くのが憚《はばか》られたのだ。妻との二人三脚で引き続き診療所を続けた。体制の変わった時代にも対応して、懸命に診療所を続けた。面倒見の良い医師として、近隣の住人の信頼を集めたが、個人企業を否定する国家体制の下で、やむをえず診療所を閉じなければならなかった。文革の嵐にも耐えて、その後も有能な勤務医として、人々の尊敬を集めていた。

＊

南京政府で中央政治委員会委員、軍事委員会委員、行政院社会部部長など要職を歴任した丁默邨は、敗北後にいったんは蔣介石の国民政府に再任用され、浙江地区軍事専員に任命されたという。蔣介石にとっては、国の重要地域を共産軍に先に占領されてはならないという狙いゆえの抜擢《ばってき》でもあった。

だが漢奸《かんかん》狩りが始まると、南京政府の要人らには苛酷な運命が待ち受けていた。默邨も例外ではなく、漢奸として逮捕された。

一九四六年のある日、万宜坊の鄭家を一人の中年女性が訪ねて来たという。父や兄姉亡きあと鄭家で家長をつとめていたのは医院を開業する南陽だった。結婚したばかりの妻と二人で南陽は来客に応じた。女は事情がある様子で、夫妻を前にしておずおずと切り出した。

驚くことに、女は丁默邨の姉を名乗ったという。女の話によれば、默邨は数々の重大犯罪容疑で起訴されようとしているが、鄭蘋茹の話が出れば死刑は確実、蘋茹の話に触れられなければ、無期懲役で済む可能性が高いと語った。

「どうかこれで穏便に済ませていただけないでしょうか」

女は深々と頭を下げると、重そうな包みを恭《うやうや》しく差し出した。金の延べ棒に違いなかった。普段は極めて温厚な南陽が、頬を紅潮させて激怒した。

「何を言うのか。お断りする。姉の命は金には換えられない」

南陽は声を荒らげて激高した。

「馬鹿にするな。とっとと帰れ」

この訪問が南陽の怒りに火を付けた。南陽は二人の弁護士を雇い、集められる限りの資料を集め、丁黙邨告発の準備を始めた。母の名前で初公判ぎりぎりのタイミングで、書面を裁判所に提出した。

一九四六年十一月十九日、南京の首都高等法院第一法庭にて、漢奸裁判としては最も遅れて、丁黙邨の裁判が始まった。満員の傍聴人を前にした公開裁判だった。傍聴人の最大の関心事は、血まみれの帝王と恐れられた丁黙邨が、ジェスフィールド76号で行った血なまぐさい特務工作の数々だった。

初公判を直前に控えて一通の嘆願書が検察処に届いた。表書きには「鄭華君は丁黙邨による鄭蘋茹殺害に関して首都高等法院に本書面を提出する」と書かれていた。検察官が開封すると、以下のような内容が綿々と綴《つづ》られていたという。

「私こと鄭蘋茹の母親鄭華君は、丁默邨が私の娘を殺害した事件に関して、一九四六年十一月十六日、首都高等法院に本書を提出いたします。

丁默邨は権力を悪用して善良な私の娘を殺害しました。このような犯罪者が法に従って厳重に裁かれますよう、ここに嘆願いたします。

亡夫・鄭鉞は清の末期に日本に留学しましたが、その留学中に中国同盟会に入会し、国父孫文と于右任監察院長に従って長く革命運動に参加しました。辛亥《しんがい》革命にも力を尽くしました。

娘の蘋茹も国を愛する気持ちは決して男子に負けませんでした。娘は、上海法政学院を卒業すると、一九三七年稽希宗《けいきしゅう》の紹介で中央調査統計局に加入しました。情報収集や敵の工作を破壊するのが仕事でした。

丁默邨と李士群の特工総部はジェスフィールド76号にあり、その組織の主任は丁默邨でした。愛国者を犠牲にして敵の日本側に媚《こび》を売るのが彼らの仕事でした。

当時、熊剣東《ゆうけんとう》が丁默邨に逮捕された時、蘋茹と彼の妻が懸命に救援の手を尽くしました。この件に関しては蘋茹が民光中学の卒業生であったので、師弟関係を利用して熊への便宜《べんぎ》を図ることができました。

丁默邨の話から、高等法院第二分院の裁判長郁華《ユファ》と特一法院の銭鴻業《せんこうぎょう》裁判長の暗殺は、すべて彼らの手によるものだったことが判明しました。我が上海裁判所の破壊工作が目的でした。さらに丁默邨は蘋茹に対してこうも言いました。

『君の父親は江蘇高等法院第二分院の最高検察官だったな。彼は和平運動に参加した方が良い。情勢に逆らうと76号に命を狙われるぞ。あの連中を甘く見ないほうがいい』

それを聞いた蘋茹は腹立たしさに耐えかねて、この話をすぐさま私の夫に伝えました。それにより夫からひそかに裁判所へ危険情報が流されたのです。

一九三九年、中央調査統計局は丁默邨制裁のための秘密命令を発しました。それを受けた蘋茹は同志の稽希宗らと密かに相談して丁の制裁計画を立てました。

蘋茹が着る毛皮のコートの購入を口実に、丁默邨を静安寺路と戈登路《ゴードン》の交差点にあるシベリア毛皮店まで誘い出し、そこで待ち伏せすることにしたのです。

十二月二十一日午後五時に蘋茹は丁黙邨をうまく店まで連れて来たのですが、某同志が慌ててすぐに発砲したので惜しくも銃弾が逸《そ》れ、狙撃は失敗して敵を取り逃してしまいました。

丁黙邨は蘋茹を恨んで彼女を捕まえようとした結果、十二月二十六日、娘は捕まりました。

丁黙邨の妻と、ほかの漢奸の妻たちまでもが一緒になって蘋茹を殺すことをたくらみ、その結果、娘はとうとう殺されてしまいました。

娘は国のために命を捧げて名を成しました。然《しか》し、未だにその遺骨の所在さえ判らないことは痛惜に堪えません。亡き者が成仏できず、凶徒はなお糾弾《きゅうだん》されないままでいます。彼はこのことを申し訳ないとも思わず、心も痛まないのでしょうか」

公判が始まると黙邨は身も蓋《ふた》もないほど自己弁護に徹し、蘋茹のことをよく知らないと嘘を吐《つ》き、シベリア毛皮店での暗殺未遂事件についても白を切り続けた。蘋茹殺害について自分はまったく関与していないと主張し続けたという。

「ある時、彼女は李士群のもとに行かなければならない用事があるとかで、便乗を頼まれたが、私にはその時、別件があって行けなかった。結局、鄭蘋茹は私の車に乗って一人で出かけ、私の運転手は彼女を静安寺路の某所まで送って戻って来た。ところが、彼女はその途中で誰かに狙撃されたのだ。これが車の一件のいきさつである。その後なぜか鄭蘋茹は逮捕されたので、人をやって理由を尋ねさせたほどである」

　黙邨は襲撃された車に自分は乗っていなかったと言い、襲われたのは自分ではなく、蘋茹の方だったと主張した。

「のちにある人が言うには、鄭の母親は日本人で、蘋茹も日本生まれ、日本語はとてもうまく、日本人の友達も多いということだった。彼女が重慶側の地下工作員だったかどうか、私は知らなかったが、彼女の愛国心には敬服している。その人によると、彼女の日本人の友人の何人かが共産党員だったので、彼女も逮捕されたということだ。その後、彼女は国民党中央の特務工作員であったことが知れたそうだ。つまり、鄭蘋茹は一方では国民党中央と関係があり、他方では共産党とも関係があったために逮捕されたのだろう」

　逮捕したのは黙邨自身で、処刑を命じたのも黙邨本人だったのに、知らぬ存ぜぬの一点張りを続けたのだ。

すべての審理が終わり、いよいよ判決の日を迎えた。

「被告丁默邨の漢奸案件につき、本院は次のとおり判決する」

裁判長は丁默邨に向かって、厳かに判決文を読み上げた。

「主文。敵国に共同で通牒《つうちょう》し、本国に反抗を謀《はか》った罪により、被告を死刑に処する。終身公権を剝奪《はくだつ》し、家族の必要生活費を除くすべての財産を没収する」

過去三回の公判で默邨が主張した内容はすべて無視され、犯行の事実と判決理由が淡々と読み上げられていった。

默邨はこの判決を不服として直ちに最高法院に上告した。だが聞き入れられることはなく、およそ三ヶ月後の一九四七年五月一日、最後の審判が下った。

「被告丁默邨　敵国に通牒し、本国に反抗を謀った罪により死刑に処す。終身公権を剝奪し、家族の生活に必需の生活費を除く全財産を没収する」

丁默邨は悄然《しょうぜん》として、老虎橋の監獄に戻って行った。

一九四七年七月五日。その日の南京は朝からうだるような暑さだったが、昼過ぎから雷鳴が轟《とどろ》いていた。老虎橋監獄の上空も、厚い雲に覆われていた。監獄内に設置された臨時法廷には、検察官、刑務所長、書記官がすでに所定の位置について、儀式の準備を終えていた。

うとうととまどろんでいた黙邨は、看守から面会だと声をかけられ、面会所に向かった。長い回廊を歩いて行くと、窓越しに大勢の新聞記者とカメラマンの姿が見えた。黙邨は、自身の運命を察知したようだった。

臨時法廷で検察官はおもむろに罪状を述べ聞かせてから、静かに言い渡した。

「最高法院検察署は、司法行政部に、本日、被告の死刑執行を命じた」

そして黙邨の目を見つめた。

「家族、友人らに、何か言い残すことはないか」

「自分のことを話す気はもうない。国はほかの人たちには寛大な処置をしてやってほしい」

検察官が再度、家族に言い残すことはないかと尋ねたが、黙邨は答えなかった。

雷鳴が窓ガラスを揺らした。言葉少ない黙邨の腕を、看守が抱えて外に連れ出した。

新聞記者が並び、ストロボの閃光《せんこう》と稲妻が交互に瞬《またた》いた。黙邨は外に向かって十数歩歩いた。稲妻に照らされて、蒼白い顔が浮かびあがった。

「止まれ」

処刑官が叫んで黙邨が立ち止まった。雷鳴が轟いた瞬間、黙邨の背後の至近距離から、後頭部めがけて銃が発射された。フラッシュが瞬いた。

黙邨の身体は、どさりと地面に倒れこんだ。弾丸は脳を粉砕し、左の肩から外に抜けた。突然強い雨が降り出し、稲妻が激しく光り、雷鳴が轟いた。雨が川のように濁《だく》流《りゅう》となり、地面を走った。

黙邨に忠実に従った林之江《りんしこう》は香港《ホンコン》に逃れ、数年後にその地で病死したという。

蘋茹が激しい恋に落ちた近衛文隆は、帰国後も青年同志会という組織を作り、蔣介石との直接交渉を主張したため軍部から問題視された。一九四〇年二月に召集され、満洲阿城砲兵連隊に入隊、陸軍中尉まで昇進して、戦争のさなか貞明《ていめい》皇太后の姪《めい》にあたる大谷正子とハルビンで結婚した。

満洲で終戦を迎えたが、GRU（ロシア連邦軍参謀本部情報総局）のスターリン直属の防諜部隊によって襲撃を受け、八月十九日捕虜となった。シベリア抑留では十五ヶ所もの収容所を転々とさせられたらしい。

一九五五年日ソ国交正常化交渉に際し、鳩山一郎首相の帰国要求だけでなく、国内から数十万人の嘆願書が集まったという。だがついに帰国は叶《かな》わず、一九五六年十月二十九日、イヴァノヴォ収容所で死去。死因は病死とされるが、ソ連による暗殺説もある。四十一歳だった。

里見甫《はじめ》は一九四五年九月に帰国し、京都や東京に潜伏するが、一九四六年三月、A級戦犯容疑者としてGHQに逮捕され、巣鴨刑務所に収監された。一九四六年九月、極東軍事裁判に出廷して証言を行い、不起訴となり釈放される。その後、渋谷峰岸ビルにて会社を構え、代表に就任した。新興宗教の熱心な信者となり、表舞台に出ることなく、ひっそり暮らした。

一九六五年三月二十一日、家族と歓談中に心臓麻痺に襲われ急死。六十九歳だった。満洲、上海での幅広い人脈を物語るように、通夜は三日三晩続き、沢山の弔問客が訪れた。里見と浅からぬ関係にあった岸信介や佐藤栄作からの花輪も飾られた。千葉県市川市国府台《こうのだい》の總寧寺《そうねいじ》にある里見の墓の墓碑銘の揮毫《きごう》は、岸信介によるものだという。

＊

蘋茄の周辺にいた人々は、皆が数奇な運命をたどった。吉平の人生も、負けず劣らず波瀾万丈だった。自分自身の来し方にも、あらためて思いを馳《は》せた。

静安寺路で蘭玲《ランリン》の姿を見てからしばらく、吉平は脱力して惚《ほう》けたようになり、ぐずぐずと寝たり起きたりしながら、だらしなく暮らした。春が近づくと、根雪が春の日差しで少しずつ溶け出すように、重苦しい気持ちが次第に吹っ切れて行った。

その後の吉平は、一刻も早い戦争の終結を画策して、精力的に活動した。昔の仲間や同志を訪ね歩き、打倒軍部を標榜《ひょうぼう》した革命党なるものを結成した。資金集めのために、文字通り東奔西走した。

いったん日本に戻り、その後、広東《カントン》に向けて出発した。広東に拠点を置いて、香港《ホンコン》、マカオ、ハノイまで足を延ばした。マカオの政府経済局長の自宅で、イギリスの諜報員と会食をしたこともある。敗戦の前年のことだった。お互い本名は名乗らず、吉平は彼をジョージと呼び、彼は吉平をケンと呼んだ。アウシュビッツの暴虐が話題の中心だったが、日本軍の残虐ぶりにも話が及んだ。日本の敗戦は火を見るより明らかで、それを吉平が率直に認めると、ジョージは吉平の目を覗《のぞ》き込むようにして尋ねた。

「ドイツやイタリアのようなレジスタンス活動は、日本にも存在するのか」

吉平はイエスと答えた。その蠢動《しゅんどう》は少なからずあると。日本革命党なるものが結成され、自分はそのメンバーであると告白した。共和制を確立するクーデターを起こし、大日本帝国軍部を倒壊させ革命政府を樹立し、有条件降伏に持ち込みたいと率直に希望を語ると、ジョージは目を丸くして吉平を見つめた。

「ケン、君はコミュニストなのか」

「いや、コミュニストではない。戦争の残虐性を憎むヒューマニズムから行動している。それはヨーロッパのレジスタンス運動家らと根底で同じはずだ」

吉平が胸を張ると、ジョージは目を潤ませ頷《うなず》き、握手を求めてきた。二人は固く手を握り合った。ジョージの掌《てのひら》の感触を、未だに忘れられずにいる。

再び横浜の自宅に戻ったところを、憲兵隊に踏み込まれ連行された。

前年の秋、巣鴨刑務所で尾崎秀実《ほつみ》が、リヒャルト・ゾルゲと共に絞首刑に処されていた。国防保安法違反、軍機保護法違反、治安維持法違反が罪状だった。

吉平が憲兵に捕まるのは二度目だ。さすがに今回は、生きては帰れないだろう。憲兵隊を恨めしく見やりながら、腹をくくった。だがいよいよ敗戦が近かったせいか、尾崎よりはるかに小物と思われたせいなのか、禁固一年・執行猶予三年を宣告され、あっけなく釈放された。罪状は陸軍刑法、言論、出版、集会、結社等臨時取締法違反だった。

一九四五年八月十四日、敗戦の前日だった。焦土となった東京に、吉平は自由の身として放たれた。我を忘れて、玉音放送を聞いた。

敗戦の混乱の最中、上海から命からがら千恵子が戻ってきた。生きて再会できるとは夢にも思わなかった。黙って見つめあい、貪《むさぼ》りあうように抱き合った。

千恵子に故郷江別を見せてやりたい、吉平は強くそう願った。晴れて夫婦になり、北海道で新婚生活を始めたかった。海から川を登って来る鮭《さけ》の群れを、千恵子に見せてやりたかった。クコの実や山ブドウを、一緒に取りに歩きたかった。

横浜で入籍してから、二人は希望に胸をふくらませて、北海道に渡った。吉平は新聞の論説を担当しながら、北海道自治政府を提唱して、道内を廻るようになった。千恵子も自然豊かな北の大地が気に入ったらしく、新天地で生き生きと立ち働いた。

不完全燃焼だった革命家の血が、吉平の身の内に未だ沸々《ふつふつ》とたぎっていた。農業を主体とした人民のための独立政府を吉平は夢見た。コミュニストではなかったが、国共内戦に勝利した毛沢東の姿を意識しなかったと言えば嘘になる。けれど急速に民主化が進められた日本で、北海道の独立を説いて回っても、民衆の賛同を得ることはできなかった。吉平は革命家としての非力さを思い知った。再び深い挫折感に苛《さいな》まれ、酒浸《さけびた》りの生活を送るようになった。

今度という今度は、千恵子に愛想をつかされた。千恵子は吉平を蔑《さげす》むような目で見た。ある日帰宅すると、部屋はもぬけの殻《から》だった。千恵子は有能な女だった。達者な語学を生かし、GHQで通訳の職を得たらしい。そこで知り合ったアメリカ人将校と結婚して、後にアメリカに渡ったと風の噂で聞いた。

失意の吉平の元を、昔共に働いた木田組という建設会社の同僚が、あるとき訪ねてきた。吉平の描いた透視図を覚えていてくれたのだ。その同僚の推薦で、大阪に本社のある住宅総合メーカーで働くことが決まった。

面倒見の良い職人肌の吉平は、同僚や部下たちに慕われた。元より出世欲や金銭欲の微塵《みじん》もない吉平は、上司にも好感を持たれた。組織の中でとんとん拍子に出世して、気づいたら取締役におさまっていた。その後、子会社の社長、会長に就任した。部下に「社長」「会長」などと呼ばれる度に、夢にも思わなかった。身体がこそばゆくなった。革命家の夢破れ、実業家として成功するなど、何て愚かで滑稽《こっけい》な人生だろう。

社内で知り合った女性と再婚して、子を授かった。家族に囲まれ、経済的にも安定して、穏やかな晩年を迎えられるとは、想像すらしなかった。人生とは摩訶《まか》不思議なものだ。

もっと驚かされるのは蘭玲《ランリン》のその後だ。実業家の夫と離婚した蘭玲は、鄭《テン》一家と共に台湾に逃げ、その後アメリカに移住したらしい。小説を発表し、人気を博するようになったという。夢とうつつのあわいを流離《さすら》っていた、あのはかなげな蘭玲が、だ。アヘンの毒におかされているのではないかと、吉平はあのとき本気で危惧《きぐ》したものだ。

蘭玲は、吉平が案ずるより、ずっと強《したた》かな女だった。強すぎる自我と高いプライドを持て余していた彼女が、創作に向かったのは、必然だったのかもしれない。それが彼女の唯一の生きる道だった。蘋茹をモデルにした作品もあると聞く。いったいどんな作品なのだろう。いずれ取り寄せて、ぜひ読んでみたい。

日中関係も近年劇的な展開を見せている。田中角栄首相と周恩来《しゅうおんらい》首相が北京で共同声明に署名し、恒久的平和関係を確立することで一致したのは、一九七二年九月のことだった。その直後に日中友好の証《あかし》として、中国から二頭のパンダが贈られた。カンカン、ランランと名付けられ、その愛くるしさで日本中を魅了した。

一九七八年十月、鄧小平《とうしょうへい》副総理が、中華人民共和国の国家指導者としてはじめて日本を訪れた。鄧小平一行は、東京で日中平和友好条約・相互批准《ひじゅん》書交換式に出席したほか、日本の代表的な企業の工場を視察して、新幹線にも乗車した。開放改革を進める鄧小平が、日本を身近なモデルとして協力を進めていくきっかけともなった。

これから中国はどこへ向かうのだろう。ふと考え込んでしまう。ソ連のような軍事大国に向かうのか、真の民主的な国家に向かうのか、まだ誰にもわからない。老いた自分には、中国の行く末を見届けることは出来ないだろう。

子や孫の時代に、日中関係は一体どうなっているのか、少しばかり気がかりだ。蘋茹や華君が願ったように、日本と中国が手を携え、平和を構築していってもらいたい、それが吉平の切なる願いでもある。

再び南陽の手紙に目をやる。何枚か家族写真が同封されていた。その一枚に吉平は釘付けになる。南陽の孫娘だろうか、手足が長く、豊かな髪の少女が、眩《まぶ》しそうに微笑んでいる。思わずあっと声をあげてしまう。

こんなところに居たんだね、ずっと探していたよ……。

吉平の胸が熱くなり、鼓動が激しくなる。

蘋茹、君に出会えて本当に良かった。いつも君がそばに居るように感じていた。挫折をくりかえし、ぎりぎりのところで道に迷いそうになっても、常に行く手には君の姿がほの見えた。そのおかげで、道を踏み外さずに済んだ。自分の信ずる道を突き進んでいけたのも、君のおかげと言って良い。君に恥じるような生き方はできないと、固く心に誓い、常に君を意識していた。だからこそ……。

そのとき玄関の扉が勢いよく開き、吉平の感傷は唐突に遮《さえぎ》られた。

「おじいちゃま、暑いよぉ、麦茶ちょうだい」

幼い孫娘が靴を脱ぎ、ドタドタ入って来た。妻が散歩に連れだし、戻ってきたよう

預かっている。妻が時折だ。大学で中国語を専攻し、通訳として活躍するようになった長女の娘を、

「早く虫取り、行こうよ、約束でしょ」

吉平はテレビの横に立てかけてある虫網をちらと見やった。麦わら帽子を被った孫娘が、虫かごを抱えて吉平の膝に抱きつき、ねえねえ、じいじい、早く早くとおねだりをする。真っ黒に日焼けして、白い歯を覗かせている。孫の顔を見ただけで、吉平の口元はだらしなく緩み、身体がふやけたようになる。文字通り骨抜きだ。我ながら何とだらしないことだろう。

軍部打倒を目指して大陸を駆け巡っていた日々、北海道独立運動に奔走した日々、夢破れて酒浸《びた》りだった日々……。吉平の脳裏に、若かりし日の姿が去来する。孫という存在が、これほど愛《いと》おしいなどと、あの頃、想像もできなかった。

紆余《うよ》曲折の失敗ばかりの人生だった。幸せな人生だったなどと、一言で括《くく》れるはずもない。だが戦争を生き延びた妻は朗《ほが》らかで逞《たくま》しく、戦争を知らない娘は明るく快活で、誰に似たのか真面目《まじめ》な努力家だ。孫娘は無邪気で健《すこ》やかだ。それだけでもう、十分ではないか。ふと自分らしくもない思いに駆られる。

窓からは強い夏の陽光が差し込んでいる。蟬《せみ》の声がうるさいほどだ。孫娘の砂だらけの掌《てのひら》を見て、吉平は手紙と写真を素早くポケットにしまった。それから孫娘の掌をタオルで拭い、抱き上げて頰ずりした。柔らかな頰は、白桃の瑞々《みずみず》しさだ。この子らを二度と決して、戦禍にまみえさせるようなことがあってはならない。

孫娘がはしゃぐ甲高い声を聞きながら、吉平は呟《つぶや》く。

ありがとう、蘋茹。君に出会えて、本当に良かった。約束は必ず果たす。日本と中国が、再び憎みあい、争うことのないよう必ず見届ける。生きている限り、平和を守りぬく。遠くで見守っていてくれよと。

参考文献

『美貌のスパイ　鄭蘋茹《テンピンルー》　ふたつの祖国に引き裂かれた家族の悲劇』　柳沢隆行　光人社
『歴史の証言　満州に生きて』　花野吉平　龍渓書舎
『ナチ・ドイツの精神構造』　宮田光雄　岩波書店
『単一民族神話の起源』　小熊英二　新曜社
『阿片王　満州の夜と霧』　佐野眞一　新潮社
『魔都上海に生きた女間諜　鄭蘋如《テンピンルー》の伝説　1914―1940』　高橋信也　平凡社
『満州裏史　甘粕正彦と岸信介が背負ったもの』　太田尚樹　講談社
『伝説の日中文化サロン　上海・内山書店』　太田尚樹　平凡社
『決定版日中戦争』　波多野澄雄　他　新潮社
『上海　多国籍都市の百年』　榎本泰子　中央公論新社
『伝奇文学と流言人生　一九四〇年代上海・張愛玲の文学』　邵迎建　御茶の水書房
『上海物語　あるいはゾルゲ少年探偵団』　小中陽太郎　未知谷
『上海の日本人街・虹口　もう一つの長崎』　横山宏章　彩流社
『魔都上海　日本知識人の「近代」体験　増補』　劉建輝　筑摩書房

『蔣介石と毛沢東』　野村浩一　岩波書店
『ドキュメント昭和　世界への登場2　上海共同租界　事変前夜』　角川書店
『物語・日本人の占領』　津野海太郎　平凡社
『米中冷戦と日本』　春名幹男　ＰＨＰ研究所
『日本の地下人脈　戦後をつくった陰の男たち』　岩川隆　祥伝社
『謀略の昭和裏面史』　黒井文太郎　宝島社
『上海時間旅行　蘇る〝オールド上海〟の記憶』　佐野眞一　莊魯迅　他　山川出版社
『上海歴史ガイドマップ』　木之内誠　大修館書店
『中国が愛を知ったころ　張愛玲短篇選』　張愛玲　岩波書店
『上海リリー』　胡桃沢耕史　文藝春秋
『魔都上海オリエンタル・トパーズ』　山崎洋子　集英社
『夢顔さんによろしく　最後の貴公子・近衛文隆の生涯』（上・下）　西木正明　集英社
『へーゼルの密書』　上田早夕里　光文社
『嘘と正典』　小川哲　早川書房
『名誉と恍惚』　松浦寿輝　新潮社

この作品は徳間文庫のために書下されました。

徳間文庫

女《おんな》スパイ鄭蘋茹《テンピンルー》の死《し》

2023年3月15日 初刷

著者 橘《たちばな》かがり

発行者 小宮英行

発行所 株式会社 徳間書店

東京都品川区上大崎三－一－一 〒141－8202
目黒セントラルスクエア

電話 編集〇三(五四〇三)四三四九
販売〇四九(二九三)五五二一

振替 〇〇一四〇－〇－四四三九二

印刷
製本 大日本印刷株式会社

ISBN978-4-19-894844-3 (乱丁、落丁本はお取りかえいたします)